喜為五斗米折腰，
鹹酸甜，日日是好日

活生活

如任性

（經典版）

蔡瀾　著

【剎那光輝，好過一輩子平庸】

常常任性，時常糊塗

人生的道上總要試試未嘗過的東西

——世間第一等風流人物蔡瀾的人生智慧

珍惜每一刻應得的享受，把人生充分地活足了它。

有了萬一，也已夠本。

目錄

金庸序
蔡瀾是一個真正瀟灑的人

　　除了我妻子林樂怡，蔡瀾兄是我一生中結伴同遊、行過最長旅途的人。他和我一起去過日本許多次，每一次都去不同的地方，去不同的旅舍食肆。我們結伴共遊歐洲，從整個義大利北部直到巴黎。同遊澳洲、新加坡、馬來西亞、泰國之餘，再去北美洲。從溫哥華到舊金山，再到拉斯維加斯，然後又去日本，又一起去了杭州。我們共同經歷了漫長的旅途，因為我們互相享受做伴的樂趣，一起去享受旅途中所遭遇的喜樂或不快。

　　蔡瀾是一個真正瀟灑的人。率真瀟灑而能以輕鬆活潑的心態對待人生，尤其是對人生中的失落或不愉快遭遇處之泰然，若無其事，他不但外表如此，而且是真正的不縈於懷，一笑置之。「置之」不太容易，要加上「一笑」，那是更加不容易了。他不抱怨食物不可口，不抱怨汽車太顛簸，不抱怨女導遊太不美貌。他教我怎樣喝最低劣辛辣的義大利土酒，怎樣在新加坡大排檔中吮吸牛骨髓，我會皺起眉頭，他始終開懷大笑，所以他肯定比我瀟灑得多。

　　我小時候讀《世說新語》，對於其中所記魏晉名流的瀟灑言行不由得暗暗佩服，後來才感到他們矯揉造作。幾年前

用功細讀魏晉正史，方知何曾、王衍、王戎、潘岳等這大批風流名士、烏衣子弟，其實猥瑣齷齪得很，政治生涯和實際生活之卑鄙下流，與他們的漂亮談吐適成對照。我現在年紀大了，世事經歷多了，各式各樣的人物也見得多了，真的瀟灑，還是硬扮漂亮，一見即知。我喜歡和蔡瀾交友交往，不僅僅是由於他學識淵博、多才多藝、對我友誼深厚，更由於他一貫的瀟灑自若。好像令狐沖、段譽、郭靖、喬峰，四個都是好人，然而我更喜歡和令狐沖大哥、段公子做朋友。

蔡瀾見識廣博，懂得很多，人情通達而善於為人著想，琴棋書畫、酒色財氣、吃喝嫖賭、文學電影，什麼都懂。他不彈古琴、不下圍棋、不作畫、不嫖、不賭，但人生中各種玩意兒都懂其門道，於電影、詩詞、書法、金石、飲食之道，更可說是第一流的通達。他女友不少，但皆接之以禮，不逾友道。男友更多，三教九流，不拘一格。他說黃色笑話更是絕頂卓越，聽來只覺其十分可笑而毫不猥褻，那也是很高明的藝術了。

過去，和他一起相對喝威士忌、抽香菸談天，是生活中一大樂趣。自從我心臟病發之後，香菸不能抽了，烈酒不能飲了，然而每逢宴席，仍喜歡坐在他旁邊：一來習慣了；二來可以互相悄聲說些席上旁人不中聽的話，共引以為樂；三則可以聞到一些他所吸的香菸餘氣，稍過菸癮。

蔡瀾交友雖廣，不識他的人畢竟還是很多，如果讀了我這篇短文心生仰慕，想享受一下聽他談話之樂，又未必有機會坐在他身旁飲酒，那麼讀幾本他寫的隨筆，所得也相差無幾。

蔡瀾先生語錄

1. 人生的意義到底是什麼呢？吃得好一點，睡得好一點，多玩玩，不羨慕別人，不聽管束，多儲蓄人生經驗，死而無憾，這就是最大的意義吧，一點也不複雜。

2. 人類活到老死，不玩對不起自己。生命對於我們並不公平，我們一生下來就哭，人生憂患識字始，長大後不如意事十常八九，只有玩，才能得到心理平衡。下棋、種花、養金魚，都不必花太多錢，買一些讓自己悅目的日常生活用品，也不會太破費，絕對不是玩物喪志，而是玩物養志。

3. 做人不管貧富，只要注意生活的每一個細節，小小的歡樂，已經可以享受不盡。重複一句，生命的長短是不受自己控制，生命品質的好壞，卻是我們自己能夠提高的！

4. 把家裡吃剩的馬鈴薯、洋蔥和蒜頭，通通都拿來浸水，一天天看它長出芽來，高興得很。

5. 天天可以練字，越寫越過癮，每天不動動筆全身不舒服，寫呀寫呀，天又黑了。

6. 天氣漸熱，扇子派上用場，不如畫扇吧，一方面用來送朋友，大家喜歡，一方面還可以拿出去賣，何樂不為。

7. 人老了，像機器一樣要修，這是老生常談，道理我也懂得。問題在有沒有好好地用它，仔細照顧，一定嬌生慣養，毛病更多。像跑車一般駕駛，又太容易殘舊，但兩者給我選擇，還是選後面的。平穩的人生，一定悶。我受不了悶，是個性……

8. 一剎那的光輝，總比一輩子平庸好。

9. 斬斷不必要的情感，盡量做些自己想做的事。

10. 我們一有機會，便盡量去笑吧。我們一遇到喜歡的人，便盡量和他們接近吧。避開負面的人，尊敬可怕的，而遠之。走遠幾步路，去吃一間比較有水準的餐廳，別對不起自己。

11. 還是快快樂樂，想做什麼就做什麼好。不必勉強自己，守著人生七字真言錯不了，那就是：「抽菸、喝酒、不運動。」

第一部分
看得開，放得下，才是人生

　　人生的意義到底是什麼呢？吃得好一點，睡得好一點，多玩玩，不羨慕別人，不聽管束，多儲蓄人生經驗，死而無憾，這就是最大的意義吧，一點也不複雜。

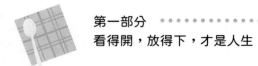

凡事往好處想，人生便會豁達

減少壓力，簡稱「減壓」。

壓力的敵對頭，是好玩，什麼東西都把它變成好玩，壓力自然減少。

說得容易，你說：「做起來難。」

這話也對，但是如果不做，永遠沒有改變。我不知道說過多少次：做，機會是五十對五十；不做，等於零。

比方說看到一個漂亮的女人，你和她談話，她可能不睬你，百分之五十失敗；或者她答應了你一句，成功機會也是百分之五十。眼巴巴地看她走過，一句話也不敢講，那永遠只是走過，你咒罵自己三千回，也沒用。好，開始做吧。

從何做起呢？

我們一生之中，經過無數的風波，起起伏伏，但現在還不是好好地活著嗎？昨日的壓力，已是今天的笑話了。

舉例來說，我們擔憂暑假家庭作業沒有做好，死了，死了，一定給老師罵死。好，罵了幾句，沒有死。

我們擔憂考試不合格，死了，死了，一定給家長罵死。好，罵了幾句，也沒死。

　　初戀時，非對方不娶不嫁，但有多少個人成功呢？愛得要死要活，失敗之後，現在又還不是好端端地活著嗎？現在想起來不是好笑嗎？

　　出來到社會上做事，一時疏忽，做錯了，死了，死了，一定會被炒魷魚。忽然，柳暗花明又一村，上司根本忘記有這麼一回事兒，或者輕輕講了幾句算了，當時的壓力，不是多餘的嗎？

　　那麼多的風浪都經過。目前談起來，還搖搖頭，說一句：「當時真傻。」

　　好了，既然知道當時傻，那為什麼不現在學精一點？目前所受壓力，也一定會過的。「人，只要生存下去，總會過的。」你也開始明白地向自己說，「過了就變成好笑。」

　　好，等以後再笑，不如馬上笑。

　　想那麼多幹什麼？忘了它吧。

　　不過，一般人還沒學到家。說忘，哪裡那麼容易？回頭一轉，那恐怖的壓力又來干擾你。

　　我們最好能夠用幻想的手把一切煩惱事搓成一團，扔進一個保險箱裡面去。鎖一鎖，再把鎖匙丟到海裡，看著它沉下去。

　　但是，但是，又回來了。

　　今早被人家偷荷包，扒掉三千塊，拚命想忘，但一下子

那不愉快的感覺又回來了。昨夜被人遺棄，拚命想忘，但那痛苦還是纏繞著你。

過，一定會過，你開始那麼想，你開始去做，機會是五十對五十。記得嗎？

佛學所說：「境由心生。」

一切，都是你想出來的。你想好，就好；想壞，就壞。不相信嗎，多舉一個例。

八號風球颱風，一個人在街上走，忽然間從天上掉下一塊瓦片，打中前額，流血了。

啊！我為什麼那麼背？為什麼這塊瓦片不掉在別人頭上，偏偏是打中了我？我真是倒楣！這是一種想法。

八號風球颱風，另一個人在街上走，忽然間從天上掉下同一塊瓦片，同樣打中了前額，同樣流血了。

啊！我真幸運！要是這塊瓦略為偏差，打中了腦中央，我不是死定了嗎？啊！我真幸運！這也是一種想法。

要選哪一個，不必我告訴你，你也應該知道。

這是阿Q精神！你說，自己騙自己。

阿Q精神有什麼不好？阿Q精神萬歲！往好處想，人生觀會變豁達，別給魯迅騙去。魯迅滿肚子牢騷，別聽他的，聽了之後就會變得和他一樣憤世嫉俗，鑽牛角尖去了。

生老病死，為必經過程。

　　既然知道有這麼四件事，還不快點去玩？

　　玩，不需要有什麼條件，看螞蟻搬家也可以看個老半天。養條便宜金魚、種盆不值錢的花，都可以玩個夠。

　　雖說生命是脆弱的，但一個長者曾經告訴我，他被日本人關在牢裡，整整八天，不給飯吃不給水喝，也沒死掉。看周圍，活到七八十歲的人漸多，要是你是例外，那也就認命吧。自己是少數的分子之一。要有我們這種人，大多數的別人才會活老一點。不如這麼去想。

　　為賦新詞強說愁，那是年輕人的愚蠢，我們哪會有那麼多空閒去記愁？記點開心的吧。

　　為了避免成為不幸的少數，那麼珍惜每一刻應得的享受，把人生充分地活足了它。有了萬一，也已夠本。

　　壓力來自別人管你。有人管，做錯了事，便有壓力。所以必須力爭上游，盡量減少管你的人。我從小被家長管，被老師管，長大後被上司管，那就要拚命地出人頭地，把上司一個個消滅，那麼壓力自然而然會減少。不過做人也真難，等到沒有上司，回到家裡還是有個老婆來管。管管管，管是女人的天性，既然知道她們一定要管，就不如多弄幾個來管。被管慣了，麻木了，就等於沒人來管囉。

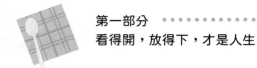

人生不該在小節上浪費功夫

越來越不懂得客氣是怎麼一回事兒。

為了禮貌，有時向人說：「有空去飲茶。」

這一來不得了了，天天閒著，又沒時間，有空時想想：「值不值得去？」

最後，還是勉強地應酬，深覺沒意思。

所以，「有空去飲茶」這句話，少說了。如果沒有心的話，說來幹什麼？自己找辛苦。

吃完飯大家搶付帳，要付就讓人家去付好了，已經學會接受這種方式。

最糟糕的是，想請客，先把信用卡交上櫃臺，但對方堅持要付，把你的卡退回給你。應付這種情形，唯有讓他們去結帳，再買一份重禮擇日送上。

一切順其自然好了，人生不應該在這種小節上浪費功夫。

走出門，要是我先一步，就走在前面，如果朋友帶頭，跟著好了，別讓來讓去。

一個圓桌，主人家叫你坐在什麼地方，乖乖地聽。

「不，我怎麼可以坐主位？」這種廢話，說了無益。對方要是不尊敬你，想坐在一角都難。但是沒等主人說話，自己就大剌剌地坐在主位，也是禁忌。

到婚宴或生日會，覺得沒趣，快走快好。打一聲招呼最好。要是引起賓客的紛亂，那靜悄悄地溜了算數。大場面並不會因為少了你一個人而停止的，別自視過高。

事先張揚你是不喜歡卡拉 OK 的，別人便不會拉你去。

盡量別做自己不想做的事，就算得罪對方也值得。如果他們是那麼小氣，不做朋友也算了。

中國人有很多禮貌上的迂腐之處，但也並非人人如此。詩中有句「我醉欲眠卿且去」，實在可圈可點，是人生最高的境界。

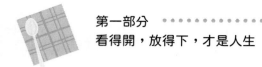

每天都比昨天活得更快樂一點

我不相信有鬼魂這件事。

人死了，如有靈魂的話，也很快飛走。過個數小時，便無影無蹤了吧。

科學家把人體過磅，說死了之後會減輕幾兩。也許真有靈魂存在，但是如果不消失的話，那麼空中擠滿了，不是一件好玩的事。

寫鬼故事，主要是愛讀《聊齋》，喜歡上那股淒豔的味道，至於青面獠牙的嚇人玩意兒，我倒沒有興趣，留給好萊塢拍恐怖片去。

在寫鬼故事的過程中，起初有許多題材，很順利地入手。寫了幾篇之後，就感到吃力了，趕緊又重讀《聊齋》，看看可不可以抄襲一些情節，但是書上只是生動地描述人物，對於故事的結構，有時拖泥帶水，有時有頭無尾，現代人讀了滿足感不夠。

我認為鬼故事有一個意外的結尾比較好看，苦苦思之，每每想不出來。

到了晚上，坐在書桌前，一小時一小時過去，一夜一夜

過去，隻字不出。

　　這時，我才怕了起來。是不是被鬼迷住，就是這種結果？

　　所以，我馬上停下來，不寫了，因為已經不好玩了嘛。

　　前前後後，寫了二十多篇，有四萬多字，可以出一本單行本，夠了。一般的書要八萬字左右，但是我怎麼也不能繼續寫下去了。投機取巧，和主編商量：「四萬字行不行？」她說：「用紙用得厚一點，勉強可以，又加上蘇美璐的插圖，應該沒有問題。」

　　我寫這篇東西，算是一個後記吧。

　　書至此，郵差送來遠方的來信，打開一看，是林大洋寫的：

　　……我讀了你把我當主角寫的鬼故事，好玩得很。你說得對，有時鬼比人還要有趣。

　　我現在住在斯里蘭卡這個小島上，天天對著藍天和海鷗，一點也不感到寂寞。

　　在這裡，我認識了《2001：太空漫遊》的作者阿瑟·克拉克（Arthur C. Clarke）。他的本行是作家，也是一個科學家，人造衛星的原意，是他創造出來的。現在他在這裡定居。

　　我們做了好朋友，每晚聊人生的意義，他的出發點是以科學來見證。我則是用空虛的靈學、道家、佛教和禪宗的說法去了解。

兩人談得很愉快，互相發現對方的世界和生活方式雖然不同，結論是一樣的。

　　但是，我們怎麼談還是談不出一個對人生有意義的道理來。

　　你也曾經問過我同樣的問題，我試過解答，不過我知道你是聽不懂的。現在，我用更簡單直接的方式來解釋人生的意義吧。

　　阿瑟‧克拉克和我都贊同，如果沒有學識，居住在深山中的印度人，日出而作，日落而息，也是一種很好的人生。我也曾經告訴過你，我住在印度山上時，當地的一個農婦每天給我做菜，吃的盡是雞和鳩之類的山禽，我吃厭了，向她說：「燒魚給我吃吧！」

　　「什麼是魚？」她問。

　　我畫了一尾魚給她看，說：「這就是魚，天下美味，你沒吃過，實在可惜。」

　　她回答說：「我沒吃過，有什麼可惜？」

　　當時我被她當頭的那麼一棍，打得醒了。我把這故事也說給阿瑟聽。

　　阿瑟說：「這我也能理解，但是人類由猿猴進化時，學會在殘屍中找到了一根骨頭來敲擊，這是求知欲的開始，有了求知欲，便得不到安寧，永遠要追求下去。」

「人生識字憂患始，中國人也有這麼一個說法。」我向阿瑟說，他點頭理解。

我們生活在這個文明的世界，接觸了學識，已經不能停留在一個階段中。金庸先生說：要多看書，書讀多了，人生自然會昇華，層次更高。

這句話一點也不錯，我一生，一有機會就讀書。但是書讀多了成書呆，最好的辦法就是旅行了。在旅途中，我向種種人學習，不管他們的文化比我們高或低，都有學習的地方。

現在，我老了。阿瑟也說他老了，我每天還在雕刻佛像，阿瑟發表了新書《3001：太空漫遊》，我們都不停地創作，創作才有生命。

但是，創作了又如何？為名，為利？創作是為自己呀！我這麼向自己說，也說服不了。為自己？又如何？

最後，阿瑟和我都基本上同意了一點，那就是要把生活的品質提高，今天活得比昨天高興、快樂。明天又要活得比今天高興、快樂。

就此而已。

這就是人生的意義，活下去的真諦。

只要有這個信念，大家都會由痛苦和貧困中掙扎出來，一點也不難。

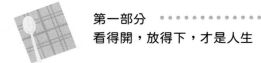

我們不會變得更老，只會變得更好

每一個人只能年輕一次，大家都歌頌青春的無價：青春小鳥一去不回來！啦啦啦啦！啊！千萬別浪費它！

但是每一個人也只能中年一次，老年一次。人生每一個階段都珍貴，何必妄自菲薄呢？

遇到老者都像痲瘋病人一般逃避的年輕人，哈哈，不必去罵他，終有報應，總有一天他們自己會變痲瘋的。

老實說，我並不喜歡年輕時的我，我覺得我當年不夠充實，鑒賞力不足，自大無知，缺點數之不盡。看以前的照片，只對自己高瘦的身材有點懷念，還有剩下的那點憤世嫉俗的憂鬱。

不，不，我忘了，尚有一個好處，那就是用不完的精力。一天來個七八次很正常，大戰三百回合之後，面不改色，但是乒乒乓乓，一下子就卸甲，相同年紀的對方無所謂，比我大的就會覺得很沒癮了，不過也許她們要的只是次數也說不定。

現在，過程如吃西餐，有冷熱頭盤、湯、主菜、沙拉和甜品、飯前酒、餐中酒、事後的白蘭地等。比較起來，年輕

時只是麥當勞的漢堡包一個，可憐得很。

衣著方面，當年的色調只肯採取白、灰和藍色、黑色，除此之外，一切免談。不知何時開始，對鮮紅有了認識。同時也知道了絲綢貼身的感覺，更愛麻和棉對肌膚的摩擦。穿牛仔褲的人，豈能了解。

年紀大了，如果能穿一整套棕色西裝，襯著同顏色跑車，在繁華的大道中下車散步，背後有夕陽，那當然最好。要不然，只要穿得乾乾淨淨，整整齊齊，也比衣著隨便的年輕人好看。

不過，現實問題，有一些錢是更好的。

年輕女子崇拜上年紀的男人有幾點：

因為他們有父親的形態，和有一些錢。

因為他們是一個有經驗的愛人，和有一些錢。

因為他們不會要求你和他有一大群兒女，和有一些錢。

因為他們辦事有極大的威信，和有一些錢。

因為他們有生活的情趣，和有一些錢。

因為他們懂得藝術，和有一些錢。

青年男子，即使有錢，亦無上述的條件，所以只能找找小明星當什麼公子。

從前年輕的時候，一桌子十二個人，我一坐下來，是我最小，但是現在同樣一桌子十二個人，我坐下來，是我最

大。從前和現在，不過像是昨天和今日，快得很，也沒什麼大不了的。不過很奇怪，當我是最年輕的時候，我已經想到有一天我是最老的，我好像早就已有了心理準備，所以一點也不感到驚奇。

老花眼鏡，我在三十歲那年已經戴了。當時看書一直感到吃力，到東京公幹，朋友介紹我去找一個最出名的眼科醫生，他檢查了一下，就斷定是遠視，給我一張帳單，是個天文數字。我抗議。那眼醫笑笑：「這叫做聰明老視呀！」

結果付錢後舒舒服服地走出來。

這個故事中又悟出一個哲理：要老，也得老得聰明一點；要老，就老得快樂一點，被騙也不要緊的。

快樂的定義每一個人都不同，有些只要半個老婆就滿足，但是還要很多錢；有些人三餐公仔麵就夠，但是要很多錢；有些人只要去去卡拉 OK，但是還要很多錢。

剛才說過，有一些錢是更好，不過有錢要懂得怎麼去花才是快樂，不然只是銀行簿上多一個零和少一個零的問題罷了。

年輕人多數不懂得花錢，因為他們連經濟基礎也沒打穩。上年紀的人也多數不懂得花錢，因為他們怕病了，怕更老，錢不夠花。

花錢是中年人、老年人第一個要學的課程，可以先從送東西開始。

送禮物的快樂不單是在得到禮物的人，送東西的時候的快感，不單是用金錢衡量，更要花心思，更要時間算得準，更要送得狠。

最高的境界不在一樣樣的東西，是送一個畢生忘不了的經驗，就算這個經驗是一年、一天或幾個小時。

年輕人最多只是送送花和巧克力，那是最低的手段，偶爾他們也能送一個身家，愛上一個壞女人，什麼都奉獻。年紀大一點，當然不會做「火山孝子」。

最佳禮物是承諾。有經驗的人騙起人來會令對方很舒服，那麼騙騙人有什麼不好？

技巧在於很誠懇的態度，年輕人做不到，因為他們會臉紅，上了年紀，臉皮較厚是件當然的事，因為他們失敗得多了。到後來連自己也騙了，就把在年輕時候的種種不愉快的經驗變為美好，成為事實，等於他們的人生經驗了。最後，他們還能把這些經驗寫成文字，騙騙讀者，讀者高興，他們自己賺稿費，何樂而不為？

年輕人說：你們老了。

不，不，不，不，我們不會變得更老，我們只會變得更好。

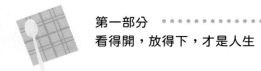
沒有意義，就是人生的意義

朋友問我：「人生的意義是什麼？」

這個問題天下多少宗教家、哲學家都解答不了。我的答案，只能當為笑話。

人生的意義太過廣泛，最好分幾個階段來討論，然而越想越糊塗。

做學生時只想到玩，人生目的集中在怎麼畢業，或者如何逃學。

出來社會奮鬥，物質享受並不重要，拚命爭取更多的權力。

步入中年，生兒育女是最大的意義吧，這時經濟已穩定，但想盡辦法怎麼去保護自己建築的城堡。

垂垂已老，再回到物質享受並不重要的階段，求個安詳。

「人生的意義到底是什麼？」朋友再追問，「你講個老半天，還講不出一個道理。」

「人生沒有意義。」我回答，「任何目的，達到後還是一場空，沒有意義就是空。」

「這種道理似是而非，根本說不出一個所以然！」朋友罵道，「你說的那幾個階段，具體一點回答行嗎？」

「行，」我說，「像一個故事一樣，起先一個人住一間小屋，結婚後兩個人生活，努力買一間大一點的，生了兒女，買一間更大的大家住。後來，兒女一個個離去，大屋子打理起來很麻煩，便換回一間小的，兩個人夠住就是。等到其中一個死去，剩下來的人換間更小的，漸漸地體力不支，再要求最小最小的環境居住，那就是一副棺材了。」

「去去去。」朋友已大罵，「你這個人最近總講一些喪氣話，有沒有愉快一點的？」

我默然。人生的意義到底是什麼呢？吃得好一點，睡得好一點，多玩玩，不羨慕別人，不聽管束，多儲蓄人生經驗，死而無憾，這就是最大的意義吧，一點也不複雜。

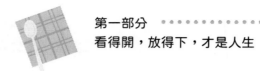
我只想做一個人

不知道是什麼時候，我變成了食家

大概是在刊物上寫餐廳評價開始的。我從不白吃白喝，好的就說好，壞的就說壞，讀者喜歡聽吧。

我介紹的不只是大餐廳，街邊小販的美食也是我推崇的，較為人親近的緣故。

為什麼讀者說我的文字引人垂涎？那是因為每一篇文字，都是我在寫稿寫到天亮，肚子特別餓的時候下筆。祕訣都告訴你了。

被稱為「家」不敢當，我更不是老饕，只是一個對吃有興趣的人，而且我一吃就吃了幾十年，不是專家也變成專家。

我們也吃了幾十年呀！朋友說。當然，除了愛吃，好奇心要重，肯花工夫一家家去試，記載下來不就行嗎？每一個人都可以成為食家的呀。

不知道是什麼時候，我變成了茶商

茶一喝也是數十年，我特別愛喝普洱茶，是因為來到香港，人人都喝的關係，普洱茶只在珠江三角洲一帶流行，連

原產地的雲南人也沒那麼重視。廣東人很聰明，知道普洱茶去油膩，所以廣東瘦人還是多過胖子。

不過普洱茶是全發酵的茶，一般貨色有點霉味，我找到了一條明人古方，調配後生產給友人喝，大家喝上癮來一直向我要，不堪麻煩地製出商品，就那麼糊裡糊塗地成為茶商。

不知道是什麼時候，我賣起零食來

也許是因為賣茶得到一點利潤，對做生意發生了興趣。想起小時奶媽廢物利用，把飯焦炸給我們吃，將它製成商品出售而已。

不知道是什麼時候，我開起餐廳來

既然愛吃，這個結果已是理所當然的事。在食肆吃不到豬油，只有自己做。大家都試過捱窮吃豬油撈飯的日子，同道中人不少，大家分享，何樂不為？

不知道是什麼時候，我生產醬料

幹的都和吃有關，又看到 XO 醬的鼻祖韓培珠的辣椒醬給別人搶了生意，就兜起她的興趣，請她出馬做出來賣。成績尚好，加多一樣鹹魚醬。鹹魚雖然大家都說吃了會生癌，怕怕，但基本上我們都愛吃，做起來要薑蔥煎，非常麻煩，不如製為成品，一打開玻璃罐就能入口，那多方便！生意便產生了。

不知道是什麼時候，我有了一間雜貨店

各種醬料因為堅持不放防腐劑，如果在超級市場分銷，沒有冷藏吃壞人怎麼辦？只好弄一個檔口自己賣，請顧客一定要放入冰箱，便能達到衛生原則，所以就開那麼小小的一間。租金不是很貴，也有多年好友謝國昌一人看管，還勉強維持。接觸到許多中環佳麗來買，說拿回家煮個公仔麵當菜，原來美人也有寂寞的晚上。

不知道是什麼時候，我推銷起藥來

在澳洲拍戲的那年，發現了這種補腎藥，服了有效，介紹給朋友，大家都要我替他們買，不如就代理起來。澳洲管製藥物的法律極嚴，吃壞人給人告到撲街（粵語方言），這是純粹草藥煉成，對身體無害，賣就賣吧。

不知道是什麼時候，我寫起文章來

抒抒情，又能賺點稿費幫補家用，多好！稿紙又不要什麼本錢的。

不知道是什麼時候，我忘記了老本行是拍電影

從十六歲出道就一直做，也有四十年了，我拍過許多商業片，其中只監製有三部三級電影，便給人留下印象，再也沒有人記得我監製過成龍的電影，所以也忘記了自己是幹電影的。

這些工作，有賺有虧，說我的生活無憂無慮是假的，我

至今還是兩袖清風，得努力保個養老的本錢。

「你到底是什麼身分？電影人？食家？茶商？開餐廳的？開雜貨店的？做零食的？賣柴米油鹽醬的？你最想別人怎麼看你？」朋友問。

「我只想做一個人。」我回答。

從小，父母親就要我好好地「做人」。做人還不容易嗎？不。不容易。

「什麼叫會做人？」朋友說，「看人臉色不就是？」

不，做人就是努力別看他人臉色，做人，也沒必要給別人臉色看。

生了下來，大家都是平等的。人與人之間要有一份互相的尊敬。所以我不管對方是什麼職業，是老是少，我都尊重。

除了尊敬人，也要尊敬我們住的環境，這是一個基本條件。

看慣了人類為了一點小利益而出賣朋友，甚至兄弟父母，也學會了饒恕。人，到底是脆弱的。

年輕時的疾惡如仇時代已成過去。但會做人並不需要圓滑，有話還是要說的。為了爭取到這個權利，付出的甚多。現在，要求的也只是盡量能說要說的話，不卑不亢。

到了這個地步，最大的缺點是變成了老頑固，但已經煉成百毒不侵之身，別人的批評，當耳邊風矣，認為自己是一個人，中國人、美國人都沒有分別。願你我都一樣，做一個人吧。

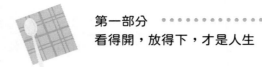

心若年輕，永遠不老

　　從前在宴會中，一桌十二個人，坐下來，好像我永遠是最年輕的一個；現在，坐下來，好像我一直是最年老的一個。

　　如果你笑我老，我一點也不在乎，因為，有一天，你一定會得到報應。

　　人類都會老，老並不是一件可怕的事，但是老得頑固和老得懊惱就不值得活下去。我們有肉體年齡和精神年齡，家父說他五十歲之後，生日便開始倒數，所以今年算起來才二十歲。

　　反而，看到生活刻板、不苟言笑、毫無嗜好的年輕人，他們才是真正老了。

　　老人應有性生活，即使不常做，嘴裡心裡也要不斷地提起，日本那個一百二十歲的老頭，說他喜歡女客來訪，尤愛在電視上看到女人的鏡頭，特別是廣告中穿著泳衣的少女。

　　幽默感也極重要。人家問八十七歲的喬治‧賓斯（George Burns）道：「請問你，你最後一次性行為，是什麼時候？」

　　喬治聽了懶洋洋地回答：「今天清晨，兩點鐘。」

　　「一生人，只年輕一次，好好珍惜。」大家都那麼講。聽到後差點噴飯。

　　只年輕一次？那麼人到中年，也當然只有一次啦！變為老年，難道可再？所以，既然都只有一次，每天都應該珍惜。

　　人到中年，為什麼要叫「初老」或是「不惑」？什麼事到了「中」都應該是最好的，中心、中央、中原、中樞、中堅、中庸等。

　　不過，我還是不喜歡那個「中年」的名稱。為什麼不可以改稱為「實年」、「熟年」和「壯年」？

　　怎麼叫都好，我沒有後悔我所經過的每一個階段，它們都相當充實。

　　再過一些日子，我便要進入「老年」了。「老」字沒有「中」字那麼好聽，老大、老粗、老辣、老化、老調、老朽、老巢、老表和老鴇的，但是再難聽也要經過，無可避免。

　　幽靜的環境下，焚一爐香，沏杯濃茶，寫寫字、刻刻印，又有名山、佳餚和美女的回憶陪伴……

　　我的頭髮已白，但不染。

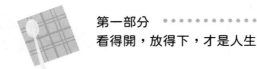

老了，快樂才剛剛開始

銀灰色的頭髮，原來是那麼好看。

花一杯酒的錢，已得到十杯酒的醉意。

如果活在古時候，這個年齡，大部分的人都已死去。

原來從前留下來的米奇老鼠手錶，是多麼值錢。

吃多鹹，也不必擔憂。反正沒多少年可活。

如果你請病假，別人已不懷疑。

不必有父母親來嘮嘮叨叨地煩你。

不必因為夢遺半夜起來換底褲。

再不可能遇到世界上最討厭的數學老師。

再不會有一個給你壓力的上司，當然，除了自己的老伴。

已經到達退休年齡，還怕被炒魷魚？

駕車橫衝直撞，別人反而要避你。

可以省下很多買洗髮水的錢。

會遇到很多年輕的女人：年輕的更年輕，老的看起來不見得太老。

柏拉圖說過：當身體上的視覺漸漸失去；心靈上的視覺漸漸靈敏。

就算是乘「鐵達尼」號，你也會和婦孺一齊坐上救生艇。

到殯儀館的路，很熟悉。

沒那麼快臉紅。

如果你不會抽菸，你可以開始學學，你有足夠的時間去生癌的。

能帶比你小二三十歲的女孩子去吃飯，代表你很有錢。

失望並不太痛苦，因為希望已不太快樂。

喜歡收音機，比電視多一點。

山德士上將（Harland David Sanders），在六十多歲的時候才開他的肯德基連鎖店。

你的敵人，已死得七七八八。

胡說八道，還有人肯留心去聽。

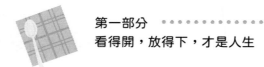

生來好吃，命中注定

從李居明在新藝城工作的日子認識以來，已有很多年。

他那本《飲食改運學》的書提及我，查太太買來贈送。見封面，李居明從一位瘦小的青年變成圓圓胖胖、滿臉福相的中年人了。

他說我是「戊」土生於「申」月，天生的好吃命。而已屬土的人需要火，所以我任何熱氣食物都吃，從來沒有見過我大喊喉嚨痛，這便是八字作怪的。

哈哈哈哈，一點也不錯。他說生於秋天「戊土」的人，是無火不歡的，因為喜歡的東西皆為火也。

一、抽菸，愈多愈好。

二、喝酒，愈多愈行運。

三、吃辣，愈辣愈覺有味。

無論你列出菸、酒及辣有什麼壞處，對蔡瀾來說，便失效。八字要火的人，奇怪地抽菸沒有肺癌，身體構造每個人都不同，蔡瀾要抽菸才健康。

同樣地，酒也是火物，但喝啤酒便乍寒乍熱，生出個感冒來。

　　辣椒也是秋寒體質的人才可享用的食物，與辣是有緣的。

　　李居明又說我的八字最忌「金」。金乃寒冷，不能吃豬肺，因豬肺是「金」的極品。

　　這點我可放心，我什麼都吃，但從小不喜豬肺。他也說我不宜吃太多雞，雞我也沒興趣。至於不能吃猴子，我最反對人家吃野味，當然不會去碰。

　　我現在大可把別人認為是缺點的事完全怪罪在命上了。我本來就常推搪，說父親愛菸，母親喜酒，對我都是遺傳。而且不知道祖父好些什麼，所以也是遺傳吧。

　　一生好吃命，也與我的名字有關。蔡瀾蔡瀾，聽起來不像菜籃嗎？

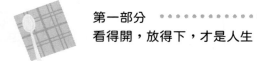

坦然面對自己的胖

一般男人年輕的時候，都有一個莎士比亞（William Shake-speare）所謂的「Lean and hungry look」（消瘦又飢餓的樣子）。

不單樣子，神態也表現出他們對未來的渴望和野心。亞歷山大征服半個地球，也是這個時候，我還在幹些什麼？

一日又一日，一年復一年，在不知不覺的漸進之中，年輕人步入中年，又踏進初老，這時他們照照鏡子，驚訝自己的肥胖。

古人總有一個解釋，他們說：「中年發福，好現象。」

的確，到了中年，還要消瘦又飢餓，太辛苦了。生活條件的好轉，令體重增加，本屬當然，但是大家不那麼想，繼續為自己的身形煩惱，永遠和青春爭一長短，明明知道這是一場打不勝的仗。

拚命運動。窮的去健身院，隔玻璃窗給經過的人笑；有錢的打高爾夫球，給更有錢的看不起。

君不見電影上的麥可・凱恩（Sir Michael Caine）、羅伯特・德尼羅（Robert Anthony De Niro Jr.），不都是由消瘦又飢餓變為胖子一個？

不，不，你看辛康納利（Sean Connery），他的頭雖禿，還那麼精壯。哈哈，那是天之驕子，有多少個？你看他當年的「007」，還不是消瘦得很？

男人是一種很有容忍力的動物，他們能夠接受生活的壓力、家人的嘮叨、社會的不平，但就偏偏不接受自己的體形。

又老又胖的男人，很失禮嗎？那是信心問題，不以財富衡量。家庭清貧，但衣著乾淨，不蓬頭垢發，黑西裝上沒有頭皮，指甲修得整齊，是對自己的尊重，別人看見也舒服，與胖和瘦無關。

嫌自己又老又胖的男人，和一天到晚想去整容的女人一樣可笑。閒時散散步，看看花，足夠矣。

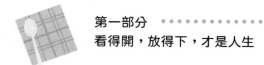

所有相遇，都是有緣

在人生中，總會與某些人結識，但是為什麼這億萬人中不邂逅而去遇到他們呢？這便是「緣」。

往往認識的人有幾個會影響到自己的一生，他們並不限於活生生的，也許是歷史上的人物，或者是圖片上的形象。這幾個人當中，現在冥冥在我腦中的一位是佛，我相信我與佛已經結緣。

對於佛學，我一竅不通，只知道自己很想去了解多一點。對於佛像，我開始有濃厚的愛好。我愛佛像的寧靜，我愛佛像的莊嚴。

一次，在廟裡受到一位高僧的贈予，得一極古典靜謐的銅像，很想一生保留供養，哪知聞悉友人得了淋巴癌，我深信要是她得到這尊佛像，病必痊癒，便奉送上去。果然，她開刀平安無事，我也心安，知道這尊佛像與我無緣，還是放在她家好。

到各地旅行時經過多處與佛像有關的地方，古剎中的博物館裡的只能陶醉地觀賞，在古董店也有精緻感嘆者，但價錢高不可攀，認為無此必要去買。廟宇旁邊店鋪內的，又嫌俗不可耐。

　　很厭惡一些富裕的人把佛像擺在客廳一角當裝飾品。他們以為佛像在手，已經是與佛有緣，但這種心態是否正常？

　　不如自己雕塑一尊吧。買了很多有關佛像雕刻的書籍、木頭和工具，但為稻粱謀，沒有閒情去動手，還是無緣。越來越喜歡到廟裡去看佛像。有時對著那些巨大形象，所受感染很深，可是又覺得到底是佛給我的呢，還是造佛的人給我的感覺？

　　為什麼會對佛漸漸有仰慕之意？是不是年紀的增長、社會的變遷、對自己失去信心、在工作上受的挫折，還是覺得沒有了愛？這都不是答案。

　　也許是豐子愷先生吧。由他的作品中我認識了他的高尚和優美的思想，令我的心靈昇華。再追溯到影響他的人——老師李叔同。另從李老師的友人和學生敘述他如何出家成為弘一法師，深一層去閱讀法師的作品和演講稿。唉，我還是那麼的膚淺。什麼時候才能讓我有廣闊一點的精神領域？什麼時候才能讓我的精神生活更為豐饒？

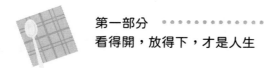
把握發出香味的那一刻

又是木蘭花開的季節了。

喜歡木蘭花，都是因為它那陣香味，尤其在晚上和清晨，香味聞了令人精神一振，有時令人昏昏陶醉，它的味道，沒有其他花兒能夠代替。

小時候，家裡窗外種了一棵木蘭，植於缽中，可憐楚楚地開三四朵花，後來見它開十幾朵，驚訝它的成長。

往外頭跑，才知道木蘭可長成小樹，與自己的身高一樣，花開得更茂盛。為求理想，漸漸地，忘記木蘭花長得多高。

略為安定，又看見木蘭，它只有一支毛筆蓋子那麼大，花瓣有時六片，有時八塊，像一把合起來的雨傘，發出清香的呼吸。

年紀漸長，一年一度，又聞木蘭香味，它在哪裡？抬頭一看，變成一棵蒼勁的樹木，往下俯視，所結花朵，成千累萬，可惜花兒壽命極短，落滿地上，化為泥。

見四五十歲的老太婆，年輕兒女偷偷地說：「把這木蘭花插在髻上，這麼一大把年紀，還那麼地愛美！」

　　現在，年輕兒女已是四五十歲，拒絕叫自己老人家，取笑別人的人被別人取笑了，是報應。花開花落又花開花落，瞬息間的事，唉，何必那麼認真？何必那麼傷感？最主要的，還是把握住發出香味的一刻。

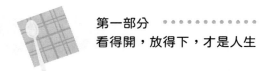

第一部分
看得開，放得下，才是人生

名與利，可以努力，別讓它控制你

「你好好地寫作就是，何必去拋頭露臉？」友人常勸我，「一出鏡，你那肥胖臃腫的樣子，令大家失望。」

我聽了總是笑笑不語。

能確定的是：名與利，對我來講，只是奴隸，我是它們的主人。有時，它們會慢慢地膨脹，那便要打打它們的屁股。

名氣帶來不便之處很多，比方說不能常去九龍塘愛情酒店走私等。

至於利，許冠文曾向我說過：「最先，要求一個金勞力士。後來，要求一輛賓士，但是能吃多少？能喝多少？能用多少？銀行裡的存款，多一個零和少一個零，分別不大。」

說的也是，但很難做到。可以努力，別讓它來控制你。

出名好處是，人家知道你是什麼人，可以放心和你交談。

與別人的溝通，對於我是很重要的。凡是不懂的，我有打破砂鍋問到底的習慣。陌生人對我的戒心不大，有利於我。

046

　　向小販們問這種菜，這種肉，是怎麼煮法？他們天天賣，當然最熟悉了。我的食物和烹調的學識，多數是從他們身上學來的。

　　有時在熟食中心坐下來，和旁邊的家庭主婦交談幾句，也是稱心樂事，這些人都是出自真情，絕對不虛假。在工作上遇到的，大部分希望在你身上得到什麼好處，和他們相處一久，對人類越來越絕望。

　　救藥只有同一群腳踏實地、辛勤幹活的人談天，像一口新鮮空氣，永遠帶來舒服的感覺。偶爾，從他們的身世也能編出動人的文章來。

　　我很需要和樸實的人溝通，令我自己的思想得到平衡，要不然，在這個複雜的環境中生存，會瘋掉的。

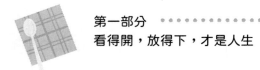
要整容，不如先整心

看到新加坡的一則消息，有個叫沈羅連的醫生拚命替女人拍照片，從十八歲到四十歲，已經拍了一萬個人。

沈醫生是為了他的職業而這麼做的，他是位整容專家，但是要求女人讓他拍照時還是有困難的，他說：「她們帶懷疑的眼光看著我，把我當成色狼。」

好在，有個女學習醫師幫他的忙，先代他搭路才順利地完成任務。他認為把新加坡女子的面貌綜合起來，找出一個理想的樣子，好過模仿西方女人。

「我們的女子雙眼之間隔得太開，」沈醫生說，「鼻子太大又太扁，額頭太凸。但是這些缺點調和起來，還是有東方味道，如果根據洋妞去改，反而是四不像。」

一般上，新加坡人認為電視明星鄭惠玉的樣子相當的理想，但是能有多少個鄭惠玉呢？稀少才覺得珍貴呀，大家都像鄭惠玉，那麼新加坡人就會欣賞那些額頭小、雙眼間寬、鼻子大的女人了。我認為自然還是可愛的。

沈醫生有不同的見解，他說：「其他的整容醫生對雙眼太寬的解救方法是把鼻子弄高，將鼻孔改窄，但這麼做便不

像一個東方女子。我的方法是將鼻端弄得更尖。」

哈，尖了還不是那個鬼樣？

整容的女人，是沒有自信心的女人。整過之後，一生便永遠戴個假東西在臉上。何必呢！而且整失敗的話永不翻身。如果成功，那更糟，會上癮的，這裡整整，那裡整整，又跑出個黃夏蕙來。

美，的確占便宜。但是短暫得很，不會做人的話，一下子便生厭。有些女人一看平凡，但是愈聊愈覺得她們有味道，這完全是腦筋問題。

把錢花在增廣學識上，或多旅行令心胸廣闊，這是基本。要整容，不如先整心。

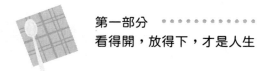

度過不平凡的青春，做回普通人

另外一位年輕友人也上路，抵達紐約。

他在唐人街的一間餐廳洗碗碟，做小廝，但是他的勤勞，得到了讚賞和生活下去的條件。

在紐約，他吸收了一切在小地方工作想像不到的東西。大都會博物院、自然文物館、摩登美術廳，這三個地方，已經值回他欠下的一切。

說走就走，他也不知道是那麼的容易。

年輕人沒有做不到的事。埋怨，總不是辦法，一心一意的理想，總是能夠達到。但是，如果步入中年，就再也沒有那麼多的希望和勇氣了。

你說這世界上沒有超人嗎？錯錯。年輕人就是超人，奇怪得很，他們在車禍中骨頭斷了又接回來；他們吃了什麼毒藥第二天照樣清醒；他們有了愛情的挫折，但眼淚一下子就乾了。

你我拚命地儲蓄防老，剩下的錢在銀行帳簿上只是一個數字。年輕人也在存錢，可是他們的錢，是他們的回憶，因為，他們根本不知道錢的用處。

　　別笑他們，當年齡消逝，而你只是一個很普通的人，你
會恨自己的。

　　做普通人沒有什麼不好，要遵守的，是已經度過不平凡
的青春，才有資格做普通人。

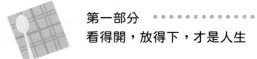

相信好運，好運才會眷顧你

《大白鯊》的製片家大衛·布朗（David Brown）說：

「你可以製造自己的運氣。

「幸福是你自己相信自己的運氣。

「要在社會上站得住腳，你一定要相信自己有運氣才行。拿到自己幸運的工具是你的樂觀。

「名演員露芙·哥頓（Ruth Gordon）事業很成功，人又長壽，這是因為她守著自己的一條規則：絕對別放棄夢想！而且，在任何情形下，最好『不要』面對現實！

「我自己一直保持著一份天真，也許你可以說是無知或是愚蠢，但是我一直感覺自己很有運氣。在五十歲以後我才賺了錢，中年時我曾經失業過兩次，我做過高級職員，但最後也逼得我去領失業救濟金，我也寫過無數的求職信，但是，我能夠掙扎成功，是因為我聽了露芙·哥頓（Ruth Gordon）的話。我一直沒有長大，我一直沒有面對現實。不是每一個人相信自己好運運氣就來。生癌、飛機失事、心臟停止跳動的事也許會發生，可是管他的，如果你相信自己是好運的，那麼你的幸福機會會比別人高。幸運是位女神，如果她

感到你對她有興趣，就會來找你。好運，其實是一種很腳踏實地的人生觀。做人，要隨時隨地相信自己有好運，現在開始相信，也不會太遲。」

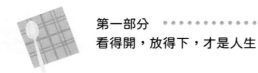
不如開心過生活

坐上的士，陣陣香味傳來。

「怎麼你的薑花沒枝沒葉，是一整扎的？」我看到冷氣口掛的花。

「哦，」司機大佬說，「我住在荃灣，那邊的花檔把賣不出去的薑花折了下來，反正要扔掉，不如用錫紙包好，才兩三塊錢一束。賣的人高興，買的人也高興。」

又看到車頭有些小擺設：「車是你自己的，所以照顧得那麼好？」

「剛剛供的。」司機說，「從前租車的時候，我也照樣擺花擺公仔。」

「要供多久？」

「十六年。」他並不覺得很長。

「生意差了，有沒有影響？」言下之意，是做得夠不夠付分期。「努力一點，」他說，「怎麼樣也足夠，總之不會餓死。」

「你很樂觀。」我說，「近年來一坐上的士，都是怨聲載道。」

　　「不是樂不樂觀，」他說，「總得活下去，怨也活下去，不怨也活下去，不如不怨的好。怨多了，人快老。」

　　「你不是的士司機，是哲學家。」我笑了，看到車頭有個小觀音像，又問，「你信觀音，所以看得那麼開？」

　　「一個乘客丟在車上，我撿到了就用膠水把它黏在這，我不是信教，我只是覺得好看，沒有原因。」

　　「你們這一行的，大家都說客人少了很多。」我說。

　　「很奇怪，」他說，「我不覺得，大概想通了，運氣跟著好，像我載你之前，剛接了一單，客人一下車，即刻有生意做。」運氣好也不會好到這麼厲害吧？到家。我付了錢，鄰居走出大門，截住，上了他的車。

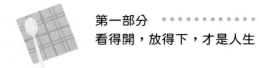
聽多了，你會變成一個多姿多彩的人

到一個小島去旅行，見土產，便去購買，店裡的老頭態度極差，我一氣，走到別家。和我一起的朋友卻和他嘰嘰咕咕地談了半天。他走出店來，帶我到一家很別緻、價廉物美的餐店去吃了一頓豐富的飯。

「你也是第一次來的，怎麼知道這家飯店？」我問。

他說是店裡的老頭介紹的。

「那傢伙？太沒有禮貌了。」我說。朋友同意。不過，他解釋道，只要你對他友善，耐心地聽他講話，那你會得到很大的收穫，像這頓午餐，就是證明。

從此後，我學會了聽。

聽人家講話，是一門很深奧的藝術。

多數人喜歡很主觀地發表自己的意見，一點都不注意別人講什麼，那麼他們會缺少許多有趣的見聞。所有的人都有他們多年積蓄下來的經驗，只要我們肯去聽，一定能夠發覺很多樂趣。

要學會聽，自己先要有誠懇的態度：少講、多問，別人自然會打開話匣子。當然，也要付出一些代價，十個故事中

總有幾個沉悶或是你聽過的，但是得到其餘未聞的人生經驗，已得益不淺。

比方說去市場買菜，問問賣魚的，或是你身邊的家庭主婦，便常得到一些意想不到的菜譜。去看盆景展覽時，留心聽一聽，會學到許多植物的知識。

遇到舞女大班，她會告訴你現在的夜生活女郎已不是被逼入火坑的了。

老人家對昨天的事會忘得一乾二淨，但三四十年前的風流，卻記得清清楚楚，和他們聊天，他們的生活就是兩三個好劇本，不過要忍耐他們的重播。如果做不到這一點，一切便是白費的。

聽多了，知道了好處之後，你就會變成一個多姿多彩的人。

常發覺有另外的人圍繞著你，喜歡聽你的故事，但不要犯老人家的錯誤，先問對方：這個故事我講過給你聽了嗎？

朋友之中，多數是要把人的意見變成和自己的一樣，這便是無謂的辯論。

聽人家講，講給人家聽 —— 這便是思想的交流。

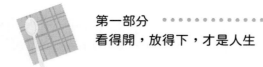

對自己好，才有愛心對別人好

一好友的父親患癌症，切片下來，證實有毒，現在等著開刀。能怎麼安慰他呢？

自己又不是醫生，就算是，也束手無策，這是世紀絕症，至今還沒有解決辦法的呀。

要幫的，應是活人。人，要對自己好一點，才有足夠的愛心去對待別人。

生老病死為必經道路，壞在人類的詩歌小說中，將這四樣東西看得太重，永遠是歌頌，從不教人怎麼去接受。

墨西哥小孩吃白糖做的骷髏頭，他們和死亡經常接觸，對它的恐懼消失。葬禮上，大家放了煙花，唱唱歌，悲哀的氣氛減少。

天主教也好，認為走了就上天堂，本人安詳而去，送終的也為主歡慰。

話雖這麼說，輪到自己，親愛的人死亡，還是痛心欲絕的。

三年前，家父去時，天下多少宗教或哲學，都不見效。家父年屆九十，我們做兒女的並非沒有心理準備，而是不肯去接受事實，不知怎麼應付。

　　曾經讀過詩篇，曰：「讓我走吧，留我於心，你我都不好過。」是的，我們怎麼不能由逝者的角度看這一回事兒？的確，我們太多的愛，過剩的情，對於死者，是種負擔。人去了，還要連累活著的幹什麼呢？簡直是增加他們的麻煩，死者去得不安。

　　還活著時，盡量陪伴著老人家吧，讓他們活得一天比一天更美好。要是他們還是憂鬱，也不必勉強，總之只要常在他們身邊，已足夠。

　　對於病患者，我們常說願意以自己來代替他們，這是不可能的，但是可以用他們的逝世來訓練自己 —— 有一天自己臨走，怎麼去安慰身邊的親人。我們會發現，原來，死亡是我們的老師，還能從中學習。

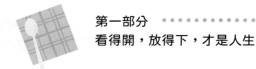
只相信保持一份眞

蔡瀾。中年。

在海外半工半讀，就職於某大機構，度過十數年。忽聞春盡強登山的時候，轉於一財團支持下的獨立公司當棋子。拚命衝鋒，奈何下棋者因問題而說：「不玩了。」

現在每天過著自由和不安的日子並不因此而懶滯，多觀察人生、讀書、旅行、鑽研篆刻、玩蘋果二號以培養經濟觀念。亦勤於寫方塊文字，可惜跳不出框框。所寫雜文，唯有關於飲食者略為人讀，印象中，作者只書食經。甚感寂寞之餘，幸有隔壁鄰舍精神支持，微有寄託。

數十年來，可說是一肚子不合時宜。所受中國傳統思想影響極深。做人的基本，有些原則：不負人、守時、重諾言。

但是，父母老師和文化之教導，變成處世的最大缺點。

當然，先下手為強、人情紙半張、讓人等而提高身分，以沒有原則為原則的玩意兒，並非蠢得學不到，應是容易得即刻上手。而且，還能變本加厲。

願不願意，因人而異。大家思想一樣，豈非無趣？價值

觀念隨時間變化，誰是誰非，作不了定論。

　　只相信保持一份真。真是新，新就是年輕。年輕人創作，較老的人為他們守著。不為真守，而守自己的變了質的真，便不年輕。選擇任何一種工作來做，都是好的。

　　為了要保持這個原則，也要做某些犧牲。寧願放棄傳宗接代的觀念。公私分明，有時作「不在吃飯的地方大便」的偉論，不少美女微笑經過。正在後悔，又看到她們生兒育女，祝福之外，不作妄想。

　　自覺守舊，但與青年人相聚時，發現有了代溝：我要在工作時拚命，我要在休息時狂舞。他們卻要將二者混一，並引證種種哲學。我只感到他們老成，我較年輕。穿著牛仔褲，滿臉鬍鬚的怪物，也在先進的領土上證明能在商業社會生存。只要有一份真。

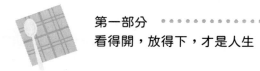

看得開，放得下，才是人生

享受講真話的樂趣

我們騙人，有時候也不一定出自什麼鬼主意，我們只是在學習怎麼「做人」罷了。

遇到朋友的小兒子，實在是個長得極不討人喜歡的傢伙。我們能夠照實說嗎？當然是以摸摸他們的面頰，說聲「這個小孩子真聰明」作為收場。

像夫妻之間，講了真話反而要吵架，不如互相哄哄算數。

久而久之，我們的謊言愈來愈多，做人所謂圓滑。到最後，我們自己也分辨不出自己講的話是真是假。

年紀大了，有個好處，就是可以盡量地少說假話，少騙人。

我們會發覺講真話，是多麼的舒服，多麼的過癮。在我自己的例子，竟然可以用講真話闖出一個名堂。

日本有個很受歡迎的電視節目叫《料理的鐵人》，由電視裡派出三個大師傅和來自名餐廳的挑戰者比賽，用同一種材料，在一小時內看誰燒的菜最好吃，花樣最多。

這節目的製作人叫我去當評判，我吃了之後，好吃就說

好吃，難吃就說難吃，不像別的評判那麼為了要做人而含糊不清。

結果，變成我的評語最受歡迎。

漸漸地，我已經在享受講真話的樂趣。

如果我應酬時吃飯吃到一半，覺得無聊，我就會起身告辭，做個「酒仙」。哈哈，粵語中的「走先」。

我也很明白老了之後要有一點積蓄的道理，但是儲的錢應該按照今後可以活多少年去花，死了留來幹什麼？

真話也要花，我花我從前學會「做人」的經驗。人得罪了也算不了什麼，繼續講真話。

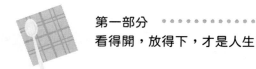

吃好喝好，就是功德圓滿

今天的外電中又說，心理學家證明，快樂和個性有關，開朗、自重、樂觀的人，自然快樂。有錢人，出名的人，如果個性不樂觀，照樣是不快樂的。

再一次地證明我們的一切都出自遺傳基因。美國人胖子多，是因為胖子的身上缺少了認識肚子飽的基因，什麼東西都吃得下去，所以變成胖子。

你看，連胖子都是命中注定，我們還去擔憂些什麼？

如果你贊跟我這句話，那麼請放心，你是屬於樂天一派，今後一生，笑著度過。

假如你罵我胡說八道，那麼你有一個暴躁的因子，請小心，會惹禍。

要是你幽幽地怨說為什麼自己的想法不同，那麼你在遺傳上是個多愁善感的人，注定是一個悲劇人物。

要改變自己的個性，非趁年輕不可，一老就固執，不管你是哪種人，都有一個共同點，那就是越老越不聽人家的勸告。

最怕遇到的是林黛玉型的女子，就算是多美，也應該避

開。這種女人好的也怨，壞的也怨，永不休止。怨到最後，只有自殺或病死。別以為我在胡說，親眼見到的就有好幾個，絕不虛假。

一些命中注定失敗的人，也很容易看出。他們永遠認為自己的想法是最好的，只是別人不會欣賞。而且，他們會教你做這個、做那個。主意一籮籮，但沒有一個行得通。

天生少了一條筋的女子真難得，她們永遠笑嘻嘻，是個白痴。只對痛苦是白痴，其他事還是很聰明，遇上這種女人，三生有幸。

既然注定，我們不必花精神去改造自己。

天如禪師說過：「人生能有幾時？電光眨眼便過！趁未老未病，抖身心，撥世事；得一日光景，念一日佛名；得一時工夫，修一時淨業；由他命終，我之盤纏預辦，前程穩當了也。若不如此，後悔難追。」

把念一佛名，改為喝一壺酒，把修一時淨業，改為吃一餐好飯，便功德圓滿。

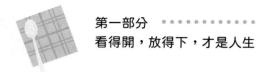

願做小丑，娛人娛己

人生已走一大半，不如意事八九。到現在，可以避免盡量避免，深感不值得有更多的煩惱。

大概自幼就有不喜歡愁眉苦臉的性格，小朋友們為了梁山伯與祝英台痛哭的時候，我在一旁看徐文長故事，嘰嘰地笑。

為賦新詞強說愁的階段也曾經過，愛上纏綿悱惻的詩句和小說。

但是，那個時候，痛苦等於是一個享受，悲戚是喜劇的化身。

以娛樂當事業，結論是沒有走錯。不會挑選哭哭啼啼的東西為題材，因為一部電影你們可能只看一兩次，但是製作過程中我自己最少過眼二三十遍。悲劇，先會把我悶死。

一種米養百樣人，我不反對別人搞骯髒的政治、當成仁的戰士、做宗教的使者。

總需要一名小丑吧？讓我來染紅鼻子。

踉蹌傷懷、柔腸百轉、五內俱焚、心如刀割、怔忡不

已、鬱鬱寡歡等字眼，最好在我腦中消逝。套句現時流行
語：去吃自己吧！
　　與小人爭權奪利，為名譽，出賣自己？
　　不不不。

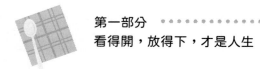

在無常人生，與寂寞纏綿

多年來，第一次感到寂寞。

少年時的寂寞，是無知地造來虐待自己嘗它滋味，像辛棄疾所說的愁，漸漸大了，每日為三餐奔波，也就忘了這種感覺。

現在最寂寞時莫過於半夜起身寫稿，大廈森林裡聽不到蟬鳴，亦無雞啼陪伴，只對著窗外的路燈，等待曙光。

偶爾的動靜是感到涼意，打幾個噴嚏，還是一片蒼茫。

不斷地努力，拚命搜尋，還是隻字不出，難道頭腦已經枯乾？

忽然，思想飛馳，回憶起這一生，究竟苦多樂少。近來發生的事，起伏很大，感嘆人生的變化多端。

人生的確是如想像中那麼無常嗎？

未必吧？

生老病死，為預料之事。當你是年輕人時不懂，以為花明柳暗又一村，充滿了希望。一遇悲哀，即感嘆一番，有了快樂，手舞足蹈。經過了那麼多年的起伏現在還驚奇，豈非瘋癲？

親戚朋友的兒女就比他們的父母高大，依稀見到他們嬰兒時，翹著一撮的頭髮。

曾幾何時，美俊少年，已在守財；美麗少女，喋喋不休地長舌。

前往探望的病房，初不識路，漸漸地，像是家中走廊。

殯儀館和墳場為必經之地。老朋友的相聚，也限於此。

無常嗎？前人的教導，親身的經驗，重複又重複，何來的驚喜與悲傷？

為什麼把死亡使者稱為「黑白無常」？天天前來抓人，一切已慣，對這雙兄弟來說，絕對不是無常。

想到這裡，又笑了。

但是寂寞，纏綿不斷。

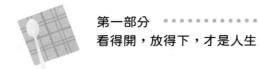

忙裡偷閒，苦中作樂

曾經為「茗香茶莊」寫過一副對聯，曰：「為名忙為利忙忙裡偷閒吃杯茶去，勞心苦勞力苦苦中作樂拿壺酒來。」

自己的散文集成冊，也用過《忙裡偷閒》與《苦中作樂》為書名。

忙和苦到底那麼可怕嗎？是的，如果你是一個朝九晚五的工作者，那麼退休的安逸生活，是你渴求的；要是你付出的只是勞力，就簡單了，老來過清淡的生活，舒服得很，養鳥種花，日子過得快。

人一不忙，就開始胡思亂想，以自我為中心起來。這很糟糕，不了解別人為生活奔波，以為做出的要求，非為你即刻辦妥不可。

子女為什麼不來看我？郵差為何不送信上門？每天派的報紙，怎麼遲了十分鐘？看病時，醫生為什麼不即刻為自己檢驗？

人不能停下來，如果你是一隻大書蟲，那就無所謂了，看書的人有自己的宇宙，旁的事，太渺小了。

有時可真羨慕外國人的豁達，一代是一代，長大了離

開，父母不管我，我也不必照顧他們，各自獨立。有了家族觀念，反而在感情上糾纏不清。說是容易，但我們擺脫不了生長在中國家庭的宿命，我們還是有親情的，我們的父母兄弟姐妹孫子孫女，都要互相擁抱在一起，我們一老，就不能原諒別人不理我們。

忙與苦，都能解決一切煩悶，一點也不恐怖。對老來的生活，是一劑清涼的良藥。

工作可以退休，自修總可做到老。喜歡的事，加以研究，夠你忙的。從種種問題中尋求答案，別的事就不必去煩它。能得到的親情，當成橫財，就此而已。

閒與樂，雖說要偷，要作。但那杯茶，那壺酒，終於是喝進自己的肚子。忙就忙吧，苦就苦吧！

享受之。

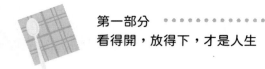

自己也要快樂地活下去

「我們有子女的人，生活沒有你那麼瀟灑。」友人常向我這麼說。

這是中國人的大毛病。以為一定要照顧下一代一輩子。兒女，在中國人的眼中永遠長不大，永遠需要照顧。

家庭觀念濃厚，很好呀，但是親情歸親情，自己也要快樂地活下去呀。

不會的。中國人一生做牛做馬，為的都是兒女。省吃儉用，為他們留下愈多錢愈好，他們不會為自己而活。不但教養下一代，還要孝順父母。

這是中國人的美德，也沒什麼不好，但是有時所謂的孝順，變成約束，把老人家也當兒女來管。

我這麼一指出，又有許多人要罵我了。你這個禮教的叛徒，數千年的文化，要你來破壞？你不是中國人，更不是人。

哈哈哈哈。中國人，都躲在井底。為什麼不去旅行？去旅行時為什麼不觀察一下別人的人生？

我的歐洲友人，結婚生子，教育成人後就不太理他們，

就像他們的父母在他們成年後不理他們一樣。

　　社會風氣如此，做兒女的不太依賴父母，養成獨立的個性，自己賺錢養活自己。

　　這時候，做父母的才過從前的生活，自由自在，不受束縛，也就是所謂瀟灑了。在一般中國人的眼中，這是大逆不道，完全沒有家庭觀念。但他們自得其樂，不需要中國人的批評。

　　誰是誰非，都不要緊。重要的是互相尊重對方的生活方式，他們絕對沒有錯，他們不是不孝，他們也並非自私，他們只知道做人需要自己的空間和自由。

　　我們做不到，但是可以參考參考，反省一下，一輩子為子女存錢，是不是自己貪婪的藉口？

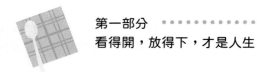
看開一點就沒事

「別吃那麼多肥膩的東西！」

「喝酒會傷身的！」

「抽菸危害健康！」

「減少吃鹹的！」

忽然之間，你身邊的人，男男女女老老少少，都變成醫生。

再也不能愉愉快快吃一頓飽，舉筷之前，總有「醫生」囑咐。

再也不能痛痛快快喝一回夠，倒酒之前，總有「醫生」叮嚀。

再也不能舒舒服服抽一支菸，點火之前，總有「醫生」勸告。

當然，都出自好意，我知道，謝謝各位的關心。但是既然扮起醫生的角色，就要有一點醫學常識，不能道聽途說。

吃肥膩的東西？兩個雞蛋的膽固醇已高過半碗豬油，自己拚命吃蛋而勸人家別吃回鍋肉，自己就要注意了。

喝酒會傷身？西醫卻叫病人臨睡之前來杯白蘭地，其實也不必他們來教，法國人早已告訴了你。

抽菸危害健康？因人而定。我老爸一直抽到九十歲做仙人去，我想他還在繼續吞雲吐霧吧。

人體之中有一個自然的煞車掣，不舒服了，自然停止。我近來酒少喝了，就是這個原因，已經不是一個小孩子，懂得自制。

要扮醫生的話，請扮心理醫生，用音樂來治療，用繪畫來診斷。

耳根清淨，更是治療病痛的最高境界。勸喻病人，最好帶點禪氣。

活得不快樂，長壽有什麼意思？還是看開一點就沒有事，我常扮專家告訴我身邊的友人，不知不覺，也成了「醫生」。

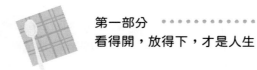

人生苦短，別對不起自己

乘的士，司機是位年輕人，態度友善，下車時，他交給我一張小傳單，向我說：「請你花幾分鐘看看。」

裡面寫著：你一生的年日。

翻閱，顯然是傳教宣傳品，背後有「彩虹喜樂福音堂」幾個字。

內容為：曾經有人研究人類一生如何花去光陰，發現一生如果有七十歲，他的時間就會如此分配：

- 睡眠：占二十三年，一生的百分之三十二。
- 工作：占十六年，一生的百分之二十。
- 電視：占八年，一生的百分之十一。
- 飲食：占六年，一生的百分之八。
- 交通：占六年，一生的百分之八。
- 學業：占四年半，一生的百分之六。
- 生病：占四年，一生的百分之五。
- 衣著：占兩年，一生的百分之二。
- 信仰：占半年，一生的百分之零點七。

　　所以，這張宣傳單說我們應該花多一點時間在求神拜佛上。

　　我並不反對人生有點信仰，只要不沉迷就是。有許多東西是不能解釋的，也解釋不了。所以邏輯並沒有用，只能靠宗教去回答。

　　只覺得上述幾項分得太細，我對人生是這樣看的：若活七十歲，睡眠二十三年，還要減去年少無知的七年，已去了三十年。剩下的四十年，人生苦多。三十年是不愉快的，只有十年真正快樂。我們一有機會，便盡量去笑吧。我們一遇到喜歡的人，便盡量和他們接近吧。避開負面的人，尊敬可怕的八婆，而遠之。走遠幾步路，去吃一間比較有水準的餐廳，別對不起自己。

第一部分
看得開，放得下，才是人生

第二部分

想得通，悟得透，活得瀟灑

　　做人不管貧富，只要注意生活的每一個細節，小小的歡樂，已經可以享受不盡。重複一句，生命的長短是不受自己控制，但是生命品質的好壞，卻是我們自己能夠提高的！

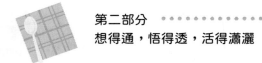

總有一些東西，教我們活得一天比一天好

我整天說應該提高生活素質，活得一天比一天更好。大家即刻反應：「錢呢？」「並不需要大量的金錢。」我說，「有時反而能賺錢。」

眾人表示出「我不信」的眼光。

舉一個例子。義兄黃漢民曾經教過音樂，上一次我去新加坡時和我聊起男高音，說目前的那三個，還不如吉利（Gigli）和卡魯索（Caruso）。

我也贊同，小時受薰陶，也是那兩位大師的作品，當年收藏的 78 轉黑膠唱片已經不知道哪去，好久沒聽他們的歌，偶爾在收音機中接觸罷了，想買幾張送漢民兄，何處覓？

跑去尖沙咀的 HMV 找，好傢伙，五層樓都是 CD 和 VCD，男高音層屬於經典樂部分，在頂樓，和爵士在一起。

一口氣跑上去，唱片多得不得了，但客人只有我一個，一位年輕人坐在櫃後，自得其樂地聽交響樂。

看了一陣子，找不到我要的那幾張，只好跑去問：「到底吉利和卡魯索的歌還有沒有人出唱片呢？」

「當然有。」年輕人帶我到一個角落，純熟地找了出來，
「這一排都是。」

嘻，可多得不知要選哪幾張，只好先挑些他們的代表
作，較為冷門的歌劇留下次，慢慢聽吧。

「你從小喜歡古典音樂？」我問。

年輕人笑搖頭：「起先不懂，做了這份工慢慢學的。」

「現在呢？」

「少一點錢我也願意幹。」他回答。

「最大的願望是什麼？」

他又笑了：「儲夠錢，去外國聽演奏會。」

種花、養鳥、逛書局、去樂器店等等，都是讓我們活得
一天比一天更好的學校。

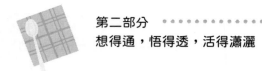
抽菸，喝酒，不運動

運動，本來是件好事。不必花錢，在公園做做體操或街頭散步，隨心所欲。

但是基本的東西往往遭受商業社會破壞，運動已經貴族化了。

你看你身上穿的名牌運動衫，一件多少錢？還有那雙像唐老鴨女友穿的大鞋子，什麼空氣墊，一雙上千，連綁在額上的頭箍都要幾百。加起來，是一副身家。

本來免費的運動，一進室內就要收錢。參加健美會，先付一筆錢，分十次用，去了一兩次，覺得辛苦，結果不了了之。

室內健身室開在某某大廈的二樓，一大排玻璃櫥窗，說是讓參加者看出外面，其實是要人來看。她們多數是身胖如豬、臉也同型的女人，還自以為是香港小姐，看了嘔吐都來不及。

目前已沒有真正的明星，詹姆斯‧迪恩（James Dean）和瑪麗蓮‧夢露（Marilyn Monroe）的時代已過，代之的是歌星和運動健將。只要在體壇上一出名，錢財即刻滾滾而

來。他們的經理人要錢要得愈來愈多，結果運動明星都成了怪物。

足球場籃球場的建築，比小學大學還重要，美國的許多都市運動場，用不到二十五年即拆掉，花大筆錢去建新的，排汙系統卻是愈用愈舊。

當今的體育已經成為另一類的邪教，信徒盲目崇拜。孩子們不用讀書了，家長鼓勵他們搞運動。

我從小討厭運動，常因體育課不及格而要留級，要換學校。

我一向認為身體健康很重要，但是思想健康更不能缺少，沉迷體育，就像沉迷在毒品之中。

還是快快樂樂，想做什麼就做什麼好。不必勉強自己，守著人生七字真言錯不了，那就是：「抽菸、喝酒、不運動。」

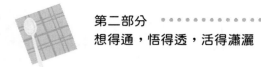
我是一個不懂什麼是壓力的人

為什麼不再寫劇本呢？我問一個認識的人。

對方搖頭嘆氣：「上一個很成功，下一個就難寫了，壓力太大，壓力太大。」

壓力？做什麼事情沒有壓力？除非是根本不負責，不顧別人生死，才沒有壓力。

為了壓力，而把要做的事放棄了，那也是一種消極的解決辦法。但是，明明知道非做不可，卻一直因為壓力而拖延，那麼，壓力，已經是藉口。

人生的過程雖說短暫，要走完這條道路也頗為漫長，回顧一下，從前覺得要生要死的事，也不是都已成為過去？有時，你還會對當年的無知發出會心微笑。

我是一個不懂得什麼叫做「壓力」的人，大概是我的腦子缺少了一條筋。我的人生哲學是：做，成功的機會是一半；不做，是零。

做人可以立品、立言、濟世，那當然最好。年輕的我，也曾想過。現在垂垂老矣，不再作悲憤狀，但不杞人憂

天，學史努比在跳春天的舞，叫道：「一百年後，又有何分別？」

　「壓力」只是心態，肉體的無能才是致命傷，等到一天不舉，再讓你老婆給你壓力吧。

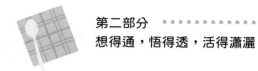

默默耕耘，自然名利雙收

一直嚷嚷名利淡泊的人，大多數是最愛名利的人。像我，就是其中之一。嘻嘻。

有什麼不好呢？得不到才罵不好，有了後就全身舒服。試想乘私人飛機到瑞士高峰滑雪，吩咐船長把遊艇駕到地中海晒太陽，每天享受天下名廚手藝，每晚由各國美女陪伴，再蠢的人，也不會說不好。

問題出在人類本身犯賤，擁有名利的人並不一定都開心。因為他們要更多的名利，就算得到了，他們又去羨慕那些歸隱田園的。

煩惱永遠跟隨著。

怎麼得到名利？你問。

容易。帶把玩具手槍走入金鋪，大喊「打劫」，明天你的名字和照片就出現在報紙上。

語不驚人死不休也是一個出名的好辦法，不一定要犯罪。一聲叫人去跳海，香港報紙上絕對會記載。

　　名利事，只要一步步默默地耕耘，自然會產生。那算得了什麼名利？你說。就要看你對名利的標準如何。得到親戚朋友的愛戴，是「名」的開始；住得安定，各得開心，是「利」的養成。

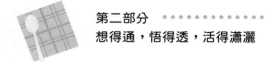

享受生活，才是最好的成就

活到現在，你我都回顧一下，做人有什麼成就？

首先，要清楚「成就」只是一個觀念。你我對於成就的看法和價值是絕對不同的。

一般人認為名與利便是成就，但是有名與利的人不幸福的例子太多了，認識一些有遊艇的朋友，他們多嫉妒旁邊的人的船比他們大了一尺；也見過些國際聞名的藝術家，痛苦自己不能再一次突破。

多數追求名利的人，到了晚年卻後悔沒有時間去好好享受過，而且，在過程中他們只有名利一個目的，生活趣味越來越少，變成老頭時，他們自己悶得要死，也會把旁邊的人悶得要死。

我並不是虛偽到認為有錢不好。比有錢更不好的是：有錢不會花。而且，許多有錢人缺少品味去花錢。他們只會穿穿名牌，駕輛奔馳；他們不懂得栽花養鳥的樂趣，他們不知道萊卡相機是好相機。

遇到一個億萬富翁。我說：「我要是像你那麼有錢，我就會買架私人飛機，載自己到各國去玩。」

　　他回答：「那才是真正有錢。」

　　我覺得由椅子上跌下來，他的錢要買十架飛機也是小事。他的所謂成就，我想，是安安樂樂地在自己家裡壽終正寢罷了。

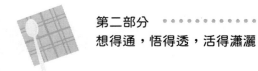

別把生命浪費在無聊的人身上

「才一年前買的兩千多萬的樓，現在可以賣三千多萬，一年之內，賺一千萬。」朋友說。

「恭喜你了。」我說。

此人嘆氣：「是同事買的。」

廢話！

跟著，他埋怨這嘆息那，說了一大堆走了眼的機會。

我還是那句老話：「廣東人說得對，有早知，無乞兒。」說完我轉頭走開。

另一種「想當年」的人，我也很怕。「當年我有多麼厲害」這樣的對白，聽得令人作嘔，而且他們喜歡重播又重播，讓人多吐幾次。

有時一桌人晚飯，談政治，一談談個不停，要是都是好朋友，我便坦率地要求他們轉個話題好不好？遇到不是太熟的，我便靜悄悄地跑回家。

有些長氣的八婆，自以為好心腸，看見我患了感冒，便說：「還不去看醫生？」

「喝點薑茶就好了。」我回答，自己的身體自己知道，已擁有數十年了。

「有種膏藥搽在心頭很有用！」她們又說。

「喝點薑茶就好了。」我又說。

「介紹你一個噴氣筒，很有效。」再勸我。

「喝點薑茶就好了。」同一個答案，用三次、四次、五次，用到她們覺得煩為止，自能將八婆治退。

學鄭板橋說：「年老神倦，已不陪諸君作無益語也。」

愈來愈覺得人生苦短，不能浪費生命在這種無聊人身上。

不過，自己的毛病不覺察，也許周圍的人也不能容我。是時，我可能成為一個固執、孤獨的老者，但亦不後悔。有山有水為家，有花有鳥做伴，已足矣。

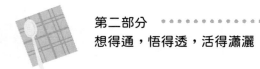

享下等福，心平氣和地活下去

馮老師雖然逝世，老人家寫給我的一幅字，卻一直陪伴著我。

跟隨老師的那幾年，令我對很多事情的價值觀有所改變，也讓我明白了淳樸、恬淡是什麼東西，享用不盡。

對人生附屬的許多煩惱，老師教導我們如何去摒棄。我們在老師處學到的不單是書法和篆刻，還有如何心平氣和地活下去。

老師寫給我的對子，我將之以深藍色的緞為襯底裱起來。老師說過：「這顏色沒有什麼人敢用，但是裱起來很穩重，很大方，很悅目。」

對子以篆書：

發上等願結中等緣享下等福
擇高處坐就平處立向寬處行

上款題了：「蔡瀾老隸臺喜書畫，耽篆劃，隨余間字，刀筆樸茂，尤近封泥，前途拭目以待，勉之勉之。」這幾句話鼓勵著我。

朋友問：「下等福有什麼好享的？」

我微笑不語。

我們無法控制生命長短，卻能提高生命品質

　　朋友的父親，已經六十三歲，他事業成功，為人隨和，最喜歡和青年人在一起，大家都覺得和他語言共通，沒有隔膜。

　　老人常說：「啊！我和我的兒女有代溝 —— 我比他們年輕。」

　　雖說老人，但他面貌看起來只有五十歲左右，沒有禿頭現象，衣著時髦，手頭闊綽，自己有能力負擔自己。

　　對於家庭，他絕對是一個好先生、好父親、好丈人。他很了解下一輩的煩惱，因為他是過來人。

　　酒量真好，從來沒有看過任何人把他喝倒。為什麼？我問。

　　「我懂得喝酒，每一口都有味道。酒和人一樣，要被欣賞才發揮最大的吸引力。遇見有才能的男人，我盡可能栽培。蠢男人我也見得多，這不是他們的錯，大家少來往就是。反正有時要喝兩口難入喉的土炮，菜才好吃。你說是不是？」

「女人嘛，她們總是那麼美好！啊！我最喜歡女人。你有沒有試過用另一種動物的眼光來看女人？沒有？你真傻。」

「當她們理所當然，你的一生便很吃虧？這種看法，實在是人生的悲劇！」

「這麼大的世界，那麼多的人，為什麼偏偏會遇到這個？她們對一種事物的看法，對東西的價值觀，和我們絕對是兩樣。」

「單單這一點，已經欣賞不完，何必再去談到肉體的構造？」

「肉體，肉體，她們是那麼的美……再講下去，我會給你一千零一個故事。但是這並不是我們今晚要談的問題。」

一個人的生命的長短，是不受自己控制的，你看看比我們早一點去的人，這是多麼可惜！我們共同認識的億萬富翁，每天吃同樣的鮑魚和排翅，就是把一切變得枯燥。做人不管貧富，只要注意生活的每一個細節，小小的歡樂，已經可以享受不盡。重複一句，生命的長短是不受自己控制，但是生命品質的好壞，卻是我們自己能夠提高的！

停下來發一陣呆吧

到上海，人住花園酒店，路過的一條街上有家品茶店，外面寫著「喝茶、聊天、下棋、發呆」幾個字。好一個發呆！

發呆，廣東人說成「發牛豆」。這個人入了神，就用「牛牛豆豆」來形容。牛豆比咪摩（磨蹭）還要厲害。咪摩是東動一下西摸一下，牛豆則是眼睛半開，望著前面，連焦點也沒有。

一個人在沉思時，別人看來以為他在發呆。發呆是在想東西到進入睡眠或者清醒之間的一個過程。

小孩子的發呆最為可愛，叫醒他們之後總可以看到這個樣子，恨不得吻他們一下。

老人的發呆最為可憐，曾經到過溫哥華的舊唐人街，在一個五層樓的建築物窗口中，老人向外望去，一動也不動，像人生終結之前的定格。如果還有思想，應該是胡不歸吧？

我自己的發呆，通常是寫稿寫到一半，不能繼續，思想由主題飛到十萬八千里之外，毫無關聯，如果不被自己喚回，也許是進入別人的夢中。

簡直是浪費生命！分秒必爭的香港人罵道。

是的，生活在這個地方，是不允許發呆的。發呆變成了奢侈品，是一種高級享受，勞碌的人絕對沒資格做的事！

發呆之後，淌下一滴眼淚，最悲哀不過了；發呆之後，笑了一笑，非常幸福。

後者怎麼形成？全靠美好的過往。

所以說，人生儲蓄除了金錢之外，還要收藏光輝的記憶。老了，再多錢也沒用，發起呆來，永遠是為生活掙扎。

想想我們生命中的情緒，回憶初戀，記一記我們的好朋友；現在是不是也在發呆？在不發呆的時候最好去銀行，千萬別將生活弄得單調，而最好的辦法是當人家數綿羊入眠時，我們能夠算著吃過的每一道佳餚。

停下來發一陣呆吧。

替愛人洗碗碟，是種幸福

我最討厭洗碗碟，要是有個人替我做這個工作，謝天謝地，我寧願在客廳喝白蘭地。

一向認為這是女人應該做的事。辛苦了一天，回家還要幹這些勞什子？但是，如果雙方都上班，我也贊成分工合作，你燒菜，我洗碗，或者是倒過來。其實，互相有愛意，煮飯洗碗，同是一件事，多做一點有什麼關係，何必分得那麼清楚？就算你真的搶著來洗，對方也不讓你。

燒東西吃，我是喜歡的，我能一進廚房就做出印度、馬來西亞、新加坡、印尼、越南、緬甸的種種咖哩；雞、牛、蔬菜、蛋，順手得來的材料，燒一桌菜，每一樣都是咖哩，但是各品味道完全不同。煮完後，廚房一塌糊塗，我就少理了，又在客廳喝白蘭地。

男人炒菜，一定比較好吃，簡單的幾個蛋，也能煎得比女人香。試看，世界上的大師傅，有幾個是你們？

你又在笑罵了，這個亂七八糟的廚房怎麼辦，大師傅？

「我來洗，我來洗。」嘴裡是這麼說，但太飽了，身體不想動。這個時候，你會說：「算了，還不了解你？去喝你的

酒吧。」

　　雖然不喜歡洗碗，但是絕不能說我不會洗碗。先擠洗潔精，打開水喉，浸一會兒，再把碗碟用粗尼龍布仔細擦一次，最後慢慢地沖水，用手指揉了又揉，等到「刮刮」有聲時，才拿出來吹乾，光光亮亮。

　　當然，這是我一個人的時候做的事，有你在，我才不干。

　　去一個與伴侶分開了的朋友家裡，燒菜給他吃，又差點把他的廚房弄爆炸，杯盤堆積如山，他一個人慢慢地洗。

　　「喂，幹什麼，快點出來喝酒。」我大聲呼喚。

　　對方咬著菸斗，態度安詳，一個杯子洗了又洗，什麼時候才把所有的東西弄乾淨？

　　「你不要管我，也不要剝奪我的樂趣。」他靜靜地回答。

能夠替愛人洗碗碟，好過孤獨和寂寞，是種幸福。

梁實秋和三毛的不亦快哉

前輩作家梁實秋說看了金聖嘆的《三十三不亦快哉》之後，自己也有十一不亦快哉。

一、晨曦牽狗散步，讓牠在人家的門口便溺，狗一身輕，自己家清潔。

二、烈日下邊走邊吃甘蔗，隨嚼隨吐，兼可製造清垃圾者的就業機會。

三、早起，穿著條紋睡衣，抱紅泥爐置街外，燒至天地氤氳，一片模糊，表示有米下鍋。

四、天近黎明，打整夜麻將回來，任司機大按喇叭，吵醒鄰居。

五、放學回來，見鄰居的門鈴就按，令人倉皇應門。

六、見隔壁有葡萄架，半夜越牆而入飽餐一番。

七、見十字路，不許人行，只準走天橋時，忽然直闖，攪亂交通，揚長而去。

八、將辦公室中用品順手牽羊，寫私信、發請柬、寫謝帖。

九、逛書肆、看書展，趁人潮擁擠時，偷幾本回家。

十、把電話翻轉，打開底部，略作手腳，使鈴聲變得聲啞，這麼一來，電話隨時可以打出，但不一定要去聽。

　　十一、生兒育女、婚嫁時在報紙大刊廣告，紅色套印，敬告親友，令天下人聞知，光耀門楣。

　　梁實秋可能藉此諷刺別人，但看到他寫到「穿著條紋睡衣」的形象，實在有點恐怖。還是三毛單純，她的不亦快哉包括：打太極拳打不成，自己安慰已經打完一套了。在嚴肅的會議中摺紙船。逛街一日，什麼都不買，回家見舊衣，倍覺件件得來不易。拉斷的鞋帶，拿來綁辮子。上課時，學生反應不佳，老師自己逃課。借鄰居狗散步，不必自己飼養，等等，可愛到極點。

睡覺這事，順其自然就好

日夜顛倒，是我最愛做的事。

寫稿至天明，那種感覺是多麼的自由奔放。友人相勸，要照顧身體呀，但他們為什麼不要我照顧我的思想呢？

從小，就不喜被人管。父母親的愛，是很沉重的束縛。別做這個，別做那個，一切都是為你好。

為我好，就得讓我去自由發揮。

白晝和夜晚，只是一個自然現象。為什麼一定要晚上睡覺，白天工作呢？

在報館做事的人，怎麼可能夜間休息？睡眠的時間，不能給我們一點選擇嗎？

自己也曾經跟著別人，患過思想太保守的行為。有一個清晨在東京築地魚市場，到一家小壽司店，遇到一個收工後飲酒的魚販，問他說：「為什麼你一大早喝酒？」

老頭子笑著反問：「為什麼你到了晚上喝酒？」

我們的晚上是他的白天。這一個簡單的道理，我當時就是想不通。

懷念住過西班牙的那段日子。西班牙人十點多才吃晚飯，吃到半夜出街玩，玩到三四點才肯回家，休息一陣子，早上十點返工，中午午休時間特長，小睡，下午三四點再開工，八九點回家洗個澡，又出來吃飯玩樂。

一切時間觀念都是人為的，人為的東西最討厭了。有一天，大家都不必朝九晚五，那多好。世界會混亂嗎？我想未必，人類自然會調節出一個工作方式遷就人。電腦的發展，就是一個開端。

古人日出而作，日落而息，是因為沒有電燈。現在的大都會的街燈照亮了黑暗，還有日夜之分嗎？

日夜顛倒，身體疲倦了就休息。有一個不容辯論的好處，那就是絕對不會失眠。

吃，是消除寂寞的最好辦法

吉本芭娜娜寫過一本叫《廚房》的小說，香港版由博益出版，改名為《我愛廚房》，此書也譯成多國文字，在美國亦受矚目，義大利人更把吉本形容為《源氏物語》以來的第二位日本女作家。

內容講年輕人的孤獨，對死亡的恐懼與迷惑，但主要是個愛情故事。

女主角最喜歡的地方是廚房，她一走進自己家，或別人的住宅，第一件事就找廚房。廚房對她來說，是一個避難所，一個很有安全感的地方。

我雖然和吉本相差數十歲，但是與她有同感，我也是極愛廚房的一個人，和她常常打開冰箱，打開櫃子，找東西吃的習慣，一模一樣。

燒菜給別人吃，給自己吃，都是消除寂寞的最好的辦法。

沒有比吃東西打發時間更好的了，而且飽腹的感覺，永遠是一個很好的感覺。

在機場等出發時，跑進餐廳，喝一杯咖啡或茶，最多只能捱上半小時，但吃一餐簡單的飯，至少可以消磨一個多鐘。

等人的時候，我肚子雖飽，也喜歡叫東西吃。明明知道那個地方沒有什麼好菜，點碟叉燒炒雞蛋，慢慢地一口一口細嚼，喝口啤酒。吃呀，吃呀，好像吃出這雞蛋是內地貨，或是美國進口，絕對不是新界蛋吧。

人家說失戀的時候，最好拚命找東西吃，便沒那麼痛苦。我很少失戀，但遇煩惱事總有的，拚命吃東西，親身經驗，確實能忘記不愉快的感覺。

做一頓好菜，從一大早逛菜市場開始，看見那些新鮮蔬菜，像在向你招手，惹人歡笑，又見小販們辛勤地做買賣，被那種刻苦耐勞的精神深深地感動。這時，你會發現，自己的問題，不大。

寧可折騰，也不要沉悶的人生

咳個不停，找吳維昌醫生看，他說順便照一照心臟吧。

我的血壓一向沒有問題，但循例檢查也好，訂了養和醫院。

登記後，走進一室，醫生替我插一根管進手背，以備注進些放射性的液體，方便查看 X 光片。不是很痛，忍受得了。

接著就是躺在床上，一個巨大的機器不斷地在我四周轉動拍攝。上一次檢查是四年前，一個大鐵筒，整個人送進去，聲音大作，轟轟隆隆拍個不停。當今這一副沒有聲音，醫生還開了電視，播放美景和禪味音樂。

愈看愈想睡，給醫生叫醒：「睡了就會動。」

真奇怪，睡覺怎麼動呢？也只有乖乖聽話，拚命睜開眼睛。

好歹二十分鐘過了，心電圖照完，再到跑步房。

護士認得我，說四年前也做過這種檢查，和八袋弟子一起做的，我還能跑，他就跑不動了。所謂跑，只是慢步而已，最初慢後來加快。身上貼滿了電線，心速顯示在儀器裡。

「你平時做不做運動的？」醫生問。

我氣喘回答：「守著人生七字真言。」

「什麼真言？」

「抽菸喝酒不運動。」我說。

醫生和護士笑了出來，他們都很親切，沒有恐怖感，聊天像吃飯時的開開玩笑。跑完步，又再照一次，兩回比較，才能看出心臟有沒有毛病，報告會送到吳醫生處。

人老了，像機器一樣要修，這是老生常談，道理我也懂得。問題在有沒有好好地用它，仔細照顧，一定嬌生慣養，毛病更多。像跑車一般駕駛，又太容易殘舊，但兩者給我選擇，還是選後面的。平穩的人生，一定悶。我受不了悶，是個性，個性是天生的，阻止也沒有用，愈早投降愈好。到最後，還是命。

說做就做，不要拖延

「即刻做」的道理，要懂得。

任何事，一想到了，都應該馬上處理，要不然，一轉頭，就忘記了。今天忘記，下個月記不起，明天再做吧！那麼一拖，就是幾十年。相信我，我是過來人，一生因為不即刻做的，太多了！連後悔也遲一點再說，才能抵消悶氣。

在家中，瞇瞇摸摸，一天很快浪費掉。當今學會看到什麼做什麼，反正遲早要做的事，先辦後辦都一樣。

臉上的鬍鬚，為了懶，等一下才剃，出門時匆匆忙忙忘記了，總不雅觀。走過鏡子一照，就停下來刮，但是其他事又耽擱下來，也只好做一樣算一樣！

旅行的時間多，回到酒店，一看表，離下一個約會還有一點餘暇，就利用來收拾行李，不然臨行的那個晚上鬧通宵不好玩。你會發現，一面看電視新聞一面收拾，也很輕鬆過癮。

什麼準備都做好了，錢拿了沒有？手機呢？香菸抽完了嗎？眼鏡不戴看不到東西呀！從前總是忘記一兩樣，當今早已放入和尚袋內，一點問題也沒有。

即刻做可延伸至馬上學。電腦不會用？學呀！手機的中文怎麼輸入？訓練到純熟為止。字寫得不好看？從現在開始練書法，絕對不遲，我的字四十歲以後才脫胎換骨，從前的當今看來，像鬼畫符。

這些理論也只有自己知道，告訴別人也沒用。被當為老生常談，甚無趣。

年輕人總覺得人生有大把時間花，絕對聽不進去。我讀書時父母也勸告過我。哈哈，那麼簡單，理所當然的事，我怎麼不懂？

當年我什麼都拖，能拖一天是一天。其他年輕人想法也和我一樣吧？即刻做的事，只有傳宗接代罷了。

休而退，退而休的生活

「如果你退休的話，會幹些什麼？」年輕朋友好奇地問，「日子難不難過？」

哈哈，要做的事像天上的星星那麼多，只要選一兩樣，已研究不完。

在倪匡兄的例子，養魚和種花為百態，安靜時閱讀，多麼逍遙！他說：「每天輪流替那十幾缸魚換水，累都累死，哪還有時間說悶？人家配出一屋新種高興得要命，我這兒的新種，至少十幾條。」

如果我退休，第一件事是開始雕刻佛像，然後練書法和畫畫，夠我忙的了。

一直不敢去碰，怕上癮沒時間研究的是京劇和相聲，可以開始了。音響方面，重溫以前聽過的古典，直落到爵士和怨曲，一面做其他事，一面聽。

把每一天要穿的衣服洗好燙直，一件件掛起來，一日準備兩三套，預防忽冷忽熱。一向少戴的帽子，不肯用的雨傘，也可以一一收藏，越買花樣越多。

底衣內褲買最柔軟舒服的，這是非常重要的，絕對不能忽視，已不必穿名牌跟流行了。

　　各種鋼筆和毛筆的收集也有很濃厚的興趣，時間不夠的話，請古鎮煌兄割愛，把他不要的那一批買下來玩玩。

　　現在用的照完拋棄的相機，越簡便越好，但退休後可玩回從前發燒時節的萊卡、哈蘇等，也許學回自沖、自洗、自印、自放大。

　　重新學習下圍棋、國際象棋，希望一日與金庸先生下他一局。

　　家具更是重要，從明朝案椅到義大利沙發，椅子的研究是至上的，最好像穿梭機上的座椅，按了鈕，可調節任何一個角度，喊了一聲，燈光從不同方向射來。棺材舒不舒服，倒是次要的了。

　　沒想過退休後做些什麼，從年輕開始，我已經一直休而退，退而休。

不要太以自我為中心

亦舒看了我一本書，叫《狂又何妨》，說我這個人一點也不疏狂，竟然取了那麼一個書名。

哈哈哈哈。我也不認為自己是疏狂，出了七八十本書，所有書名都與內容無關，只是用喜歡的字眼罷了。

中國詩詞有一模式，也不自由奔放。到了宋朝，更引經據典，晦澀得要命。詩詞應該愈簡單愈好……

整首背不出來，記得一句，也是好事，豐子愷先生就愛用絕句中的七個字來作畫，像「竹幾一燈人做夢」「幾人相憶在江樓」「嘹亮一聲出月高」等，只要一句，已詩意盎然。

承繼豐先生的傳統，我的書多用四個字為書名，像《醉鄉漫步》、《霧裡看花》、《半日閒園》等，發展下去，我可以用三個字、兩個字或一個字。

有些書名，是以學篆刻時的閒章為題，《草草不工》、《不過爾爾》、《附庸風雅》等，也有自勉的意思。

《花開花落》這本書的書名有點憂鬱，那是看到家父去世時，他的兒孫滿堂有感而發。

大哥晚年愛看我的書。時常問我什麼時候有新的，我拿了這本要送給他時，他已躺在病榻上，躊躇多時，還是決定不交到他手上。

　　暫居在這世上短短數十年，凡事不應太過執著，眼見愈來愈混亂的社會，要是沒有些做人的基本原則，更不知如何活下去。

　　家父教導的守時、重友情、做事有責任，由成長直到老去，都是我一心一意牢牢抓住的，但也不是都做得到，實行起來很辛苦，最重要的，還是要放棄以自我為中心。

　　藝術家可以疏狂，但疏狂總損傷到他人，這是我盡量不想做的事。

　　心中是那麼羨慕！「疏狂」二字，多美！

當你微笑時，世界和你一起微笑

記得「非典」那段時間裡，大家的臉都拉得緊繃繃，目光呆滯，當今已雨過天晴。

香港人還是缺乏禮貌和笑容，鄰居也不打一聲招呼，去到外國的一些地方就知分別，他們不管你是什麼國籍，朝早安，夕晚安。你好嗎掛在嘴邊，如果你不是這麼哈囉來哈囉去，就融不進他們的社會。

在國外也常在電梯中遇到陌生人，總是和你 Small Talk（閒聊）一兩句。老一輩的，在走廊碰頭，也來一鞠躬。

這就是旅行的好處，旅行教導我們：友善是應該的，而且要主動才行。

我的禮儀和人生觀都是從旅行學回來的，拉丁民族的熱情、南洋人的不在乎、西歐的優雅、中國東北的好客、南美洲人對死亡的樂天看法等。

我並不介意主動向別人打招呼，對方不瞅不睬，只顯得他們沒有教養。我更主動替遊客指路，因為我旅行時也得過他們的幫助。微笑，更是我得到的 —— 件犀利武器。

香港人都那麼暴戾嗎？有時我站在街上，看到有人走過就向他們笑一笑。對方遲疑了一剎那，也都笑了，笑得很燦爛。認得我也好，不認得的當我是個傻子，但已消失了敵意和警戒。

主動的出擊帶來不少的好處，和陌生人談天之餘，對人生的觀察愈來愈多，對寫作不無好處。

原則上，需要一些條件。那就是年輕不奇裝異服，老了要乾淨。尊嚴和態度誠懇很重要。骯骯髒髒，猥猥瑣瑣的話，只能鬧出是非。

耳邊出現了一首老歌的歌詞：When you're smiling, the whole world smile with you.（當你微笑時，世界和你一起微笑）

刹那光輝，好過一輩子平庸

藝人走了，大家惋惜：「那麼年輕，活多幾年才對呀！」

活多幾年？活來幹什麼？等人老珠黃？待觀眾一個個拋棄？

只有娛樂圈中的人，才明白蠟燭要燒，點兩頭更明亮的道理。一刹那的光輝，總比一輩子平庸好。

人生浮沉，藝人是不能接受的，他們永遠要站在高峰，要跌，只可跌死。

當事業低迷的時候，藝人恐慌，拚命掙扎。這時，好友離去，觀眾背叛，他們陷入精神錯亂。這也是經常見到的事，因為他們不是一般的人，他們是藝人。

就算一帆風順，藝人也要求所謂的突破，換一個新面孔出現。但大家愛的是舊時的你，喜歡新人的話，不如捧一個更年輕的。

更上一層樓，對藝人來說，極為危險，也只有劍走偏鋒，才有蛻變。突破需要很強的文化背景，可惜一般藝人讀書不多，聽身邊的狐朋狗友的話，一個個像蒼蠅跌下。

曾經有人對藝人做一個結論：天才，一定要有，但是運氣，還是成功最重要的。

藝人以為神一直保佑著他們。失敗是一種考驗？他們的宗教之中，是不允許有人對他們有任何的懷疑。

明明知道是錯的，可是沒有人能阻止他們。藝人像瀑布，不停衝下，無休無止，一直唱著《我行我素》之歌。

藝人並不需要同情，他們祈求的是你的愛戴。勸他們保護健康，是多餘的。

像一個戰士，最光榮的莫過於死於沙場。站在舞台上，聽大家的喝彩，那區區的絕症，算得了什麼？

燎原巨火。燃燒吧。只要能點亮你的心，藝人說：「我已活過。」

苦悶的日子，最好做些花功夫的事

在一些苦悶的日子，最好做些花功夫的事，到菜市場去買幾個青檸檬，把底部削去一截，讓它可以站穩，再切頭，用銀茶匙挖空，肉棄之。

然後在廚房找一個不再用的小鍋，把白色的大蠟燭切半，取出芯來，蠟燭扔進鍋中加火熔化，一手拉住芯放在青檸檬裡，一手抓住鍋柄把蠟倒進去。

冷卻，大功告成。點起來發出一陣陣天然檸檬味，絕對不是油熏香精可比。

同一個道理，買幾個紅色的小南瓜，口切得大一點，去掉四分之一左右，瓜子挖出，瓜肉拿去和小排骨一起熬湯，熬個個把小時，南瓜完全融掉，本身很甜，加點鹽即可，味精無用，裝進南瓜殼中上桌，又漂亮又好喝。

橙凍也好玩。美國橙大多數很酸，買柳丁或泰國綠橙好了，它們最甜，切頭，挖肉備用，另幾粒擠汁，加熱後放魚膠粉，現買的 Jelly 粉難於控制，其中香料和糖精味道也不自然，還是避之為妙。魚膠粉不影響橙味，倒入橙殼，再把橙肉切丁加進去，增加咬嚼的口感，凍個半小時即成。

天氣熱，胃口不好，還是吃點辣的東西，把剩餘的魚膠粉溶解備用。那邊廂，將泰國小指天辣舂碎擠汁，加醬油或魚露，混入魚膠粉中，冷卻後再切成很小很小的方塊，鋪在排骨或食物上，又是一道惹味的菜。

燉蛋最過癮了，利用日本人的茶碗蒸方法炮製，材料盡找些小的，浸過的小蝦米、細魚，半晒乾的那種，金華火腿選當魚翅配料的部分，切成小丁丁。雞蛋仔細地用茶匙敲碎頂部，留蛋殼當容器，打蛋後和材料混合，再倒回蛋殼中，最後把吃西瓜盅用的夜香花鋪在上面，隔水燉個五分鐘即成。

向苦悶報復，一樂也。

生老病死是人類最公平的事

在巴黎，走過一個報紙雜誌攤，看見一位知名男演員的封面，大特寫。

燈光由下面打，強調他臉上的皺紋。這幅畫像甚有震撼力，表現出這個人物的自信，以及他人生豐富的經歷，拍得實在太好。

反觀東方的明星，拚命遮住老化的現象，染了一頭黑髮，不，當今應該說棕髮、金髮或紅髮吧。請攝影師在鏡頭上加個細紋的濾色鏡，土稱「加紗」，拍得像只幽魂。真可憐。

生老病死四個階段，是人類最公平的事。老就老嘛，肌肉下垂，又如何？你的爸爸媽媽，不會老嗎？你自己呢？

到了做父母的年齡，還要扮成憤怒青年，或思春少女，問題就來了。

日本人稱男人臉上的皺紋，為「男之紋章」。前面兩個字大家都懂，紋章，則有戰績和成就的意思。和服中的帶子，也綁在肚臍之下，突出那個微微拱起的肚腩，也是男之紋章。沒肚皮的年輕人，還要在腹中藏一兩本書，看起來才像樣。

不過一種米養百種人，整容也是日本人發明的。雙眼皮、弄高鼻子已不在話下、隆胸、抽肚脂，從額頭刮一刀把皮拉上也是平常手術，還有修補處女膜的呢。

為了防老做這種事，當然是做來給別人看，但年紀一大，表現的是你的個性、你的才華、你的處理年齡的方式，是做來給自己看的，也給別人感覺得到，才是辦法。

禿頭是救不了的，染髮倒很值得同情。一頂灰髮可以接受，完全白掉，不加整理，又毫無油脂，就有個髒相。人老不要緊，千萬別髒，衣著是否名牌不重要，乾淨就是。

頭髮一染，每天得染，要不然髮根處出現一截白的就很滑稽。建議他們吃首烏膏去，能逐漸變黑。我沒試過，聽說而已。

助人是最開心的事

報紙看到一則閒聞，說英國專家研究「快樂科學」，提出十個「令你快樂一點」的方法，讀後覺得一無是處：

一、「跟伴侶獨處」：每週抽一小時跟伴侶獨處，不受干擾地靜靜聊天。

我說戀愛中的男女，一小時怎麼夠？分分秒秒都想黏在一起。到了冷淡期，分分秒秒都不要獨處。不過，你的伴侶是不會放過你的。

二、「做忘我運動」：找出最令自己投入，達到忘我的活動。

我說年輕時的忘我運動，最好是做愛，老了，還那麼忘我，心臟病一定突發。

三、「勿追求完美」：世事沒有十全十美，堅持完美只會令自己不快樂。

我說年輕時不追求完美，怎麼對得起自己？年紀大了，不必你追，也知道沒完美這回事。

四、「戒孤芳自賞」：應勇於跟人打開話匣子。

我說這是天性問題。有些女人，你叫她們閉嘴，是做不到的。

五、「多體能活動」：參加業餘話劇團也行，吸塵也行，讓身體活動即可。

我說這又是天性，懶惰的，交給菲律賓助理，勤力的，只想製造小生命。

六、「扮笑也有益」：即使扮笑，也會令人變得心情愉快。

扮笑？我們還不是專家？天天扮笑。

七、「做自己的好友」：退去內心負面的消極，道出逆境要自我安慰。

我說還是抗憂鬱的藥物比較有效。

八、「常獎勵自己」：甚至雲雨一番都可以。

雲雨一番？那要看是什麼對象。

九、「每天都大笑」。

唉，要笑得出才行呀。

十、「助人最開心」。

至少，這一點我是同意的。

再忙也要停下一切，去辦想辦的事

記性差，有時是天生的，也不能太過責備自己，最糟糕的是不用功，不肯用筆記下來。

從前常忘記這個忘記那個，很不方便。

當今我出門之前，總問我自己：「有四種東西，帶了沒有？」

開始數：錢，有了。手提電話，有了。眼鏡，有了。雪茄呢？也有了。習慣，很可怕，學到壞的，終生困擾，好的非養成不可。

我一走進酒店，必把開門的鎖匙或卡片放在電視機上，此後不花時間就能找到，出門之前又問自己：「有一種東西，帶了沒有？」

年紀一大，記憶力衰退是必然的事。年輕時看到長輩邵逸夫爵士，身上總有一片很精美的皮夾，插入白卡，一想起什麼，即刻用筆記之，字又小又細，但力道十足，寫得把紙張也刮出深坑來。

九十多歲的人了，還是沒有拋棄這好習慣，當今又有電子手帳又有手提電話記事，方便得多，年輕男女還是不肯改

善記憶力，沒話說。

記性差，有時是天生的，也不能太過責備自己，最糟糕的是不用功，不肯用筆記下來。

更壞的，是推三推四，明明自己忘記了還拚命解釋已經打了電話給對方，對方沒有覆電罷了，不關我事。

沒覆電？不會追嗎？年輕人的缺點是叫他們做一件事，很少得到回音，要等問起才搪塞一番。我們這些老得已成精的人，怎麼看不出？當面責備多了，大家傷感情，最後只有忍著不發脾氣而已。

事情做錯，道歉一聲，不就行嗎？

記性不佳，最好是想到什麼即刻做。不然一轉頭就忘記了。再忙，也要停下一切，先辦完想起的事。

但是做完這件，又忘記其他的，也是我自己犯過的大毛病。不要緊，我把我的上司一個個消滅，炒他們的魷魚，到現在沒人管，也沒壓力，要忘記什麼就什麼。如果你也能夠做到這個地步，記憶力差，已不是問題。

感動一生的禮物

送禮物，一定要送到節骨眼上。所謂的花心思，就是這麼一回事了。

父母一有能力，兒女們要些什麼就送什麼，變成理所當然，就不覺稀奇，下一代一發脾氣：「你們永遠不陪我，只懂得送禮物！」

情人互相送禮，女方一收習慣了，大多數會說：「不如折現。」

男的一被寵壞：「我的靈魂，是不能被收買的！」

送上司的禮物，對方弄不清楚是誰送的，若石沉大海，當你問起，他說：「謝謝你的餐具。」

其實，你送的是水晶擺設。

許多人都喜歡送花，收到了當然高興，不管是女的或男的。三天之後，花謝了，好意也跟著枯竭，不管是女的或男的。

有時遇到小朋友的生日，我多數會向他們說：「要些什麼，我買給你。這樣比較好。」

對方一客氣，我就記不得。

到目前為止，我認為最有心意的禮物，是一位友人送給她兒子的。每年，做母親的都會替他拍一張照片。看過蘇美璐畫展之後，很欣賞她的藝術，就與她商量，是不是可以把那十八張照片畫成肖像？蘇美璐也覺得這個主意很有意思，就答應了。

　　那十八幅畫已經寄來，想將它裱成一本插頁，因為蘇美璐畫的是水彩，很多地方都不會裝裱，我拿到「文聯莊」去，李先生說沒有問題，當今已裱好，在生日的前一天。

　　我想，做兒子的，一生也會感謝。

走好死亡這段路

每寫完一篇文章，雜誌社排好字，就傳送給蘇美璐作插圖，今天收到她的電郵：

「讀過你寫的關於死亡，這真有趣，最近我常發白日夢（有點像你在發開妓院的白日夢），想經營一個場所，讓大家可以好好死去，和平死去，平平靜靜地死去。

「我一直希望可以幫助別人，讓他們選擇自己的死法。

「至於我自己，最好是在早上，吃完了我喜歡的煎蛋和烤麵包，到外面散散步，回家用鋼琴彈幾首巴哈音樂，坐在安樂椅上，喝杯茶和吃幾塊餅乾，來些親愛的朋友，用漂亮的安靜的語氣聊聊天，最後讓我睡覺。

「我想他們會把我帶到天堂，其他的，我才不管那麼多。我就是想開那麼一個讓人安息的地方，我相信這種服務應該存在的。

「我的先生說，他最好在他釣鱒魚的湖畔死去，我認為死亡是一種你能盼望的目的，如果你有選擇的話。」

是的，為什麼要怕死呢？

返家，是我們大家都期待的事。

今天，我已經七十歲了。談死亡，是恰當的時候。二十世紀七十年代，看《2001：太空漫遊》，一再問自己，到底有沒有機會乘火箭到另一星球？或者到了那個時候，我還活不活在世上？我將會變成一個什麼樣子？

當今，離二〇〇一年，也多了十年。太空旅行沒法子實現的了，人，倒是活了下來。

樣子嘛，照照鏡子，還見得人，至少上電視做節目，也沒人抱怨。留了鬍子，是因為母親的逝世，二〇一一年的二月二十八日三週年忌，就可剃掉，到時看來是否會更老，不知道。

目前生活並不算健康，還是那麼大魚大肉。酒倒是喝少了，遇到好的，還是照飲不誤。

還是那麼忙碌，飛來飛去，但不覺辛苦。稿件已減少許多，每星期在日報上只寫四篇，週刊寫的這篇一樂也，另有一篇每星期一次的食評和一篇寫世界上好酒店的，已占了不少空暇。也許接下來只能再減一點，等到能夠把名酒店都聚集成書後，就停寫。

每天睡眠有六小時，已足夠，如果能休息上七個鐘，那算飽滿。迎接死亡時期來到，我要逐漸少睡，由六，減到五，四，三。

像弘一法師一樣到寺廟圓寂，是做不到了。第一，我怕蚊子；第二，沒有空調是受不了的。

　　還是留在家吧，或者到一個美景，召集好友，像《老豆堅過美利堅》戲中的主角，一個個向親友們擁抱告別，最後請一位有毒癮的美女，帶來嗎啡，一支支注射進去，在飄飄欲仙之中歸去。

　　上天堂或下地獄，我不相信有這回事，還是沒有蘇美璐那麼幸福，不過和她一樣，之後管他那麼多幹什麼！

　　地點最好是在香港，如果有困難，還是去荷蘭吧。那裡思想開通，又有一位我深交的醫生朋友，他每次來港，我都大請宴客，荷蘭人一向節儉，對東方人的招待大感恩惠，一直問有什麼可以為我做到的。

　　嗎啡對他來講是易事，醫院裡一大堆，拿幾管送我一點困難也沒有。雖然安樂死在荷蘭大行其道，但是這位醫生受過一點挫折，那是當丁雄泉先生不省人事後，子女把事情歸咎在他身上，鬧到差點上法庭。問題是他肯不肯再牽涉到我的事件去。

　　這也好辦，事先由律師在場，先簽一張一切與他無關的證明，他就能安心替我做這件事了。

　　遺囑早就擬妥，應做的事都安排好，簡單得很。

　　我這一生沒有子女，在這個階段，我也沒有後悔過。小時聽中國人的所謂不孝有三，無後為大的笑話，在我父母生前已解決了。

當年我向老人家說，姐姐兩個兒子，哥哥一子一女，弟弟也是，有六個後人，不必再讓我操勞吧？他們聽了也點頭默許。

人活在世上，親情最難交代，一有了顧慮是沒完沒了的，我能僥倖避過這關，應感謝上蒼。人各有志，喜歡養兒弄孫的，我沒異議，只要不發生在我身上就是。

沒有遺憾嗎？太多了，不可一一枚舉，但想這些幹什麼？我一直主張人活得愈簡單愈好，情感的處理也縮短，到電腦原理的正和負計算最妙。不只是身外物，身外感情，是個高境界，我是能夠享受到的。

很高興在世上得到諸多的好友和老師，今人古人，都是教導我怎麼走這段路的恩人。

最要感謝的倪匡兄，我向他學習了什麼叫看開，他是一位最反對世俗的高人，斬斷不必要的情感，盡量做些自己最想做的事，都要歸功於他。

但是我畢竟是一個凡人，所以頭髮愈來愈白，反觀倪匡仁兄，滿頭烏絲，雖然他自嘲不用腦了，所以沒有白髮，但我知道，是想開了，所以沒有白髮，所以能夠做到視死如歸。

但願自己能像紅酒，越老越醇

年輕的時候，得不到愛，便是恨，黑白分明。

「你不跟我睡覺嗎？那你是愛我不夠深。好，永遠不見你。」男的說。

「你連愛我都不會說一聲，你追求的只是我的身體。好，我絕不給你。」女的說。

為什麼不能等呢？再等多一陣子，人就是你的，但大家都心急，其實不是心急，是不懂得珍惜感情。

這是教不會的，無經驗的洗禮，怎麼聰明的人，都不懂得愛，只會破壞。

到了了解什麼是愛的時候，我們對人生開始起了懷疑，而且逐漸不滿。一不小心，便學會諷刺它，沉迷在絕望中，放棄宗教和哲學的教導，變為尖酸刻薄，即使愛再到面前，也讓愛溜走。

令我們開心的事越來越少，讓我們垂涎的食物已是稀奇。

不過，我們也沒那麼動怒了。

已知道罵人的結果是自己辛苦，動氣傷神傷身。看不順

眼的，還是不發表意見，反正不是一個人的能力可以扭轉乾坤，想一笑置之，但又恨不消，嘮叨又嘮叨，在年輕人的眼中，我們是長氣的。

但願自己能像紅酒，越老越醇。一股香濃，誘得年輕人團團亂轉。一切看開、放下，人生豁達開朗，那有多好！

想歸想，到頭來還是做不到，只能羨慕。

在這個階段，家族、朋友，開始一個個逝去，我們一次又一次地哭啼。

淚乾了，所以我們不哭。

年輕時，歡笑止於歡笑，對笑的認識太淺。到現在才知道真正悲哀時，眼淚是流不出來的。眼淚，只有在笑的時候，才淌下。

男女不可抗拒的二十種魅力

　　有則外電報導，說英國的一項研究，訪問了四千個男女，各自列出異性二十種最不可抗拒的魅力，結果是女的認為男性的微笑最厲害；而男的認為女性的身材，是最難招架的。

　　哈哈哈哈，微笑誰不會呢？而女性的身材，不喜歡起來，多好也沒用呀！

　　在男性的二十種之中，我跑到浴室去照照鏡子，自問自答：第二位的幽默感，我認為自己是有的。其實大部分肉麻當有趣的男人，都以為自己擁有的是幽默感。

　　第三的體貼，那要看對方是什麼人，有些八婆陰陰溼溼，奄尖夾腥悶（挑剔，要求高），怎麼去體貼？

　　第四的慷慨，當今我有點條件。我做窮學生時也頗慷慨，有朋自遠方來，拚命請客，他們走了之後，挨一個月泡麵的事倒也是有過。

　　第五的聰明，我自認缺乏。

　　第六的親切，和第三的體貼一樣，視人而定。

　　第七的懂自嘲，那是我無時無刻不在做的。

第八的放肆和調皮，我天生俱來，到了這個年紀，還在搗蛋。

第九的愛家庭，自問我孝心十足。

第十的健康體魄，全不及格。我這種抽菸喝酒不運動的人，談什麼健康體魄呢？

第十一的專注，我只對自己喜歡的事物專注，唸書時數學沒及格過。

第十二是眼神有長時間的接觸，我也有。別誤會，那是因為我老視。

第十三的是熱情，這我已經退化了。

第十四的強壯臂彎。又不是大力士，有什麼好？不如以持久來代替吧。

第十五的對小朋友友善，那是應該的，但對那些又醜又作怪的小鬼，怎麼偽笑得了？

第十六的積極，是我做人的態度，受之無愧。

第十七的穿西裝有型，那是由別人來判斷，自己怎麼認為自己有型，都是假的。

第十八的自信，我每天都在學習新事物，累積下來，活到了這個階段，才有一點。

第十九的寬闊肩膀，有了又如何？

第二十的留有鬚根，那還不容易，幾天不刮鬍子就行。

當今留了鬍，算不算在裡面？

至於男性認為女人不可抗拒魅力也有二十條，第一的美好身材，對於我，並不重要。

第二是乳溝，有些我還不屑一顧呢。太大的胸部，也讓人聯想到每一個部位都大。

第三是幽默感，啊，的確有魅力，這是我要求女人必具的條件。

第四是咧嘴而笑，要看對方牙齒整不整齊。

第五是逗人發笑，是醜女最大的武器，連這個也沒了，就失去了求偶的希望。

第六是絲襪和吊襪帶，有了更好，沒有的話也不影響性的衝動。

第七是可愛傻笑，很好呀，有些時候，少了一條筋的女人，笑起來的確可愛。

第八是香味，最好別搽賤價的香水。一個攝影師曾經問我，女友身體很臭，怎麼辦？我回答說愛上就不覺得了嘛！難道你要把羊奶芝士洗了之後再吃嗎？

第九是懂得自嘲，那是幽默感的一部分，重要的。

第十是可靠，有哪個女人可靠了？沒聽過「天要下雨，娘要嫁人」這句古語嗎？不害你已經謝天謝地，其實男人也是一樣。

第十一是短裙，當然比遮掩起來好看，但也要看對方的腿粗不粗才行呀。

第十二是長靴，那也要看她們的腿長不長呀。有被虐狂的男人，會特別喜歡吧，我看到隨街都是穿長靴的矮肥女人，有點倒胃。

第十三是鄰家女模樣，這最騙人了。和鄰家女青梅竹馬，沒上過戰場的男人，一碰到更好的，就臨老入花叢。

第十四是愛搞鬼，不錯不錯，調皮搗蛋的女子，總好過死死板板的。

第十五是長腿，這我舉手贊成，但要配上腰短才行，東方女人多數是相反。

第十六是樂觀，其實不應該排在第十六，排在第二三才對。

第十七是好的聆聽者，這也很不可靠，起初也許扮得出，女人一與你混熟後，多是喋喋不休的。

第十八是知性對話，很重要，總不能老是搞，那會脫皮的。

第十九是凝視的眼神，那是她們拍照片時的招牌貨色。

第二十是善於理財，這不是什麼魅力，是她們天生的。

最後，覺得很奇怪，互訴對方的魅力，怎麼不提有沒有錢？真那麼清高嗎？大概訪問的對象，都是有情飲水飽的十七八吧？

老得莊嚴、乾淨、清香

新居的樓下，長著幾株白蘭，足四層樓高，比我在天臺種的那三株，大百倍。

經過時不仔細看，不知道是白蘭，因為它只剩下葉子，看不到花，卻有一股幽香，從何處來？

大概是長成的過程中起的變化。低處生花，頑童一定來干擾；全樹開遍，則會引小販前來采折。

白蘭樹的花，只讓站在高處的人看見。

花生頂上，像長者的白髮。

樹幹之大，根部之強，占著路邊一席。

這棵白蘭已不能連根拔起，移植他鄉。

時代的進步，道路廣闊的話，只可將它砍伐。

不然，老蘭站在一旁，靜觀一切的變化，但願人老了，像這一棵白蘭。

老，必須老得莊嚴。

老，一定要老得乾淨。

老，要老得清香。

　　是否名牌已不重要，但天天洗濯燙直。衣著是對別人的一種尊敬，也是對自己的尊敬。

　　皺紋是自傲，但鬚根應該刮淨，做一個美髯公亦可，每天的整理，更花費功夫。

　　修指甲，剪鼻毛，頭皮是大忌。

　　最主要的，還是要像白蘭那麼香。

　　香不只是一種嗅覺，香代表不俗氣。

　　切莫笑人老，自有報應。

　　人生必經之路，遲早到來。等它來臨時，不如做好準備，享受它的寧靜。

　　他人言論，已漸覺淺薄無聊，自己更不能老提當年勇，老故事亦不可重複。

　　最好是默默然地把趣事記下，琴棋書畫任選一種當嗜好，積極鑽研，成為專家。不然養魚種花，不管它們的出處，亦是樂事。

　　人總得向自然學習，最好臨終之前，發出花香。

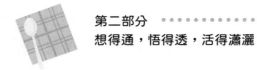
放縱的哲學

「享受人生的快樂，由犧牲一點點健康開始。」尊·休士頓（John Huston）說。

這個人放縱地過活，但是八十多歲才死。所謂的犧牲一點點的健康，並非一個致命的代價。

大家都知道自由的可貴，但是大家都用「健康」這兩個字來束縛自己。

看到舉重的壯漢，的確健康，不過這個做運動的人總不能老做下去。年齡一大，自然緩慢下來。到時他那堅硬的肌肉開始鬆懈，人就發胖。為了防止這些情形發生，他要不斷地健身。試想看到一個七老八十的人全身還是那麼一塊塊的肌肉，和隆胸的婦女有什麼兩樣？

又有個朋友買了一棟有公共游泳池的公寓，天天游，結果患了風溼。

注重健康，說得難聽一點，就是怕死。

菸不抽，酒不喝，什麼大魚大肉，一聽到就搖頭。

好，誰能擔保不會有個人，二十多歲就患肺動脈血壓

高？哪一人能夠說自己絕對不會遇上空難、車禍、火災、水災和高空擲物？

　　想到這裡，更是怕死。

　　怎麼辦？唯有求神拜佛了。

　　迷信其實不用破除。信仰是種藥，來保持人類思想的健康。

　　思想的健康比肉體的健康更加重要。

　　一個人如果多旅行、多閱讀、多經歷人生的一切，就不當死是怎麼一回事了，這個人在思想上絕對是健康的。

　　思想健康的人一定長壽，你看那些畫家、書法家、作曲家，老的比短命的多。

當然不單單是指做藝術工作的人，凡是思想健康的，不管他們的想法是好主意還是壞主意，都死不了。你沒有看到中國的那幾個抽菸的老人皇帝嗎？

總認為人類身體上有一個自動的煞車器，有什麼大毛病之前，一定先感到不舒服。如果你精神上健康，一不舒服就不幹，便不會因為過度縱慾而病倒。

喝酒喝死的人，是精神不正常。像古龍一樣的人，明明知道再喝就完蛋，但是還是要喝下去，也許是他認為自己是大俠，也可能是活夠了，覺得這個世界沒有什麼事是新鮮了。

吃東西吃死的例子倒是不多。

什麼膽固醇，從前哪裡聽過？還是照樣活下去。

也許有人會辯論說那是因為幾十年前，社會還是困苦，人沒有吃得那麼好，所以不怕膽固醇過多。精神健康的人也不會和他們爭執，你怕膽固醇，我不怕膽固醇就是了。近來已經有醫學家研究出膽固醇也有好的膽固醇和壞的膽固醇。我們只要認為所有吃下去的東西都是好的膽固醇，不亦樂乎？那些怕膽固醇的人，失去嘗試到好膽固醇的享受，笨蛋。

略為對暴食暴飲有節制，不是因為不想放縱，而是太肥太胖，畢竟是不美麗。

科學越發達，對人類的精神越是傷害，現在的醫學報告已經達到汙染的程度。

最近研究出喝牛奶對身體無益，打破了牛奶的神話。當然早就說吃鹹魚會致癌，就不吃鹹魚。又聽到雞蛋有太多的蛋白質，什麼吃肉只能吃白肉而不吃紅肉，等等，唉，大家不知道吃什麼才好。

齋最有益、最安全、最健康了。吃齋，吃齋。

你以為呢？蔬菜上有農藥，吃多了照樣生癌！

醫學家建議你吃水果之前洗得乾乾淨淨。心理上有毛病的人，把它們都洗爛了才夠膽去吃。有些醫生還離譜到叫你用洗潔精洗蔬菜和水果。體內積了洗潔精也患癌，洗潔精用什麼其他精才能洗得脫？

已經證明維他命過多對身體不好，頭痛丸有些含了毒素，某種藥吃了會大頸泡，鎮靜劑安眠藥更是不用說了，吃了之後和鴉片海洛因沒有分別。

算了，吃中藥最好，中藥溫和，即使沒有用也不會有害，人參燕窩，比黃金更貴，大家拚命進補。但是有許多例子，是因為補過頭，病後死不了，當植物人當了好幾年還不肯斷氣。

植物人最難判斷的是到底他們還有沒有思想。如果有的話，那麼他們一定在想，早知道這樣，不如吃肥豬肉，吃到死算了。

肉體健康而思想不健康的人，就會出禁這個禁那個的餿主意。這些人終究會失敗，像美國禁酒失敗一樣。現在流行

禁菸了。人類要有決定自己生死的自由，才是最高的法治，雖說二手菸能致命，但有多少例子可舉？

製造戒律的人，都患上思想癌症，越染越深，致使「想做就做」的廣告也要禁止放映，是多麼的可怕。

菸、酒和性，不單是肉體的享受，也是精神上的享受，有了精神上的儲蓄，做人才做得美滿。

讓你在身體上有個百分百的健康吧，讓你活到一百歲吧，讓你安安穩穩地坐在搖椅上，望向遠處吧。但是腦袋一片空白，一點美好的回憶都沒有，這不叫「健康」，這叫「懲罰」。

快點把那本勞什子的 *Fit For Life* 丟進紙簍去！

不會花錢，賺得再多也沒意義

和丁雄泉先生相處數日，從閒談之中，得益甚多。

「有些人一賺到錢，就說自己有多少財產也算不清楚。」丁先生說，「我的錢不夠他們多，我知道我有多少錢，但是，問我畫了多少幅畫，我也算不清楚。」

吃飯時，見菜單上有醉蟹，即叫一客。

「您不怕生吃有細菌嗎？」作陪的人問他。丁先生瞪了他一眼，好像在說這種問題你也問得出，照吃不誤。

看著醉蟹的膏，他說：「你看，多麼像海膽。」

侍者拿了一個吃大閘蟹的鐵夾子放在旁邊。丁先生一下子把整碟醉蟹吃光，剩下蟹鉗，就放進嘴裡把硬殼咬個稀爛，七十多歲人了，牙齒還那麼好，我叫侍者把鐵夾收回去。

畫展之中，丁先生感覺和客人交談已經乏味。我們兩人就偷偷跑到隔壁的一家餐廳去，看到酒牌中有香檳，叫了一瓶。我只喝一杯，其他的由他包辦。畫展完畢後又去同一家餐廳，慰勞工作人員，再開五瓶香檳，他一人乘機又喝了一瓶多。

來了一位臺灣老大哥，開夜總會的。丁先生說：「盜亦有道，比很多高官好得多。」

老大哥請吃晚飯，丁先生又和他幹了滿滿的數杯白蘭地，面不改色。飯後老大哥邀請我們去他的夜總會，我說：「這種地方的女人庸俗得很，你酒喝多了，還是回旅館休息吧。」

「有女人的地方，總要去看看。」丁先生說，「對女人有興趣，才有生命力。」

「做人要懂得花錢。」丁先生褲袋中總有一大沓鈔票，「人家說花錢容易，賺錢難。我說花錢更加不容易，你看許多人死了，都留下一大筆錢，這不是一個好例子嗎？」

自由自在，才是幸福

什麼叫幸福？

出入不必用保鑣。自由自在，大排檔蹲下來就吃，有誰管你，才是幸福。

當今的富豪怕被綁架，都要僱用保鑣。有什麼好人選？當然是喔喀兵了。英國人一走，把他們拋棄，當然不能眼睜睜餓死，既然已受過訓練，當保全工作是唯一出路。

喔喀兵的確可靠，老一輩的，在馬來亞森林追馬共，不眠不休。對方至少要停下來吃飯，但喔喀兵一面行軍一面啃麵包，最後還是要給他們找到。

我曾經有過一個構想，拍一部喔喀兵的電影，一個不想再殺人的小卒，被他的同僚追殺。怎麼打，怎麼設下陷阱，怎麼反擊，等等，都是好材料。

時下的喔喀兵，有沒有他們前輩那麼英勇，我不知道。但他們一穿上西裝打領帶，已失去一半威風。

應該不在乎這些，讓身邊的人穿得好一點，能花多少？不著西裝，穿設計家的制服，像德國軍官那種，歹徒看了也不寒而慄。

147

第二部分
想得通，悟得透，活得瀟灑

　　很久之前，在大機構做事的時候，也見過港督的保鏢，長得像公子哥兒，斯斯文文，一身亞曼尼（ARMANI）西裝。天氣一熱，在休息時脫下西裝，露出腋下的槍套，原來還是絲綢做的。不知道有沒有服裝津貼？但那麼英俊瀟灑，就算貪點小汙也不討厭。

　　如果我有一天也成為富豪（那是永遠不可能發生的事），也會請保鏢。

　　有權有勢嘛，萬事皆通，與內地的官員也一定熟悉。幫過他們一次忙之後，就可以來個小要求。「什麼？你要請女保鏢？行！包在我身上！」他們說。

　　這時請幾個身高六尺、模特兒般的身材的美女特警，出門一面左擁右抱，一面受溫柔的保護，這才是有錢懂得花。

先讓兒女玩一陣子吧

今早的新聞中,看到北京的一個學校,專教小孩子如何成為神童,讀小學就能有大學的成績,全年學費竟然高達十四萬人民幣。

校長出鏡解釋如何教導。他沒有眉毛,皮笑肉不笑,一臉奸相,一看就知道是個老千,但也有父母上當。據專家們說,那裡的教學方法,和普通的並無兩樣。

都怪只能生一個。由父母及男女雙親一共六個人來寵愛,非成龍不可,內地的孩子,兩歲已進入學堂,失去童真。

香港的也好不到哪裡去,一兩歲就要迫他們去幼兒園。我一些朋友都說單單為了孩子的學業,每個月花一兩萬。那麼多錢,長大了還得了?留下來自己吃吃喝喝,多開心?

玩泥沙的日子何去?現在的兒童關在石屎森林(粵語,指香港的高樓大廈)中,來往之地只是學校和家裡。個個戴近視眼鏡,老氣橫秋,把頭埋進電腦。自己的腦袋,裝了什麼東西?

我們在河裡抓小魚，葉中找打架蜘蛛，過的童年是那麼逍遙，現在的兒童永無體會。

玩到五六歲才去讀幼兒園，有的乾脆跳開，一下子進入小學。是的，也許我們那時的兒童，長大了比當今的笨，但是我們快樂。

也明白做父母的苦心，不逼迫孩子，今後怎麼和別的競爭？但是應該回頭一想，自己已經競爭了一輩子，還要下一代重蹈你的錯誤？

想開了，就能放心。先讓兒女玩一陣子吧！這是實實在在的，是他們再也得不到的時光。今生今世，永遠不會忘記！

最佩服蘇美璐一樣的人物，讓女兒阿明在小島上自由奔放，阿明長大後會失去競爭能力嗎？她那麼聰明，是不可能的。還是倪匡兄說得對：好的孩子教不壞，壞的教不好，讓他們玩去！

第三部分

不如任性過生活

　　跳出框框去想，別按照常規。常規是一生最悶的事，做多了，連人也沉悶起來。

任性而活是人生最過癮的事

從小，就是任性，就是不聽話。家中掛著一幅劉海粟的《六牛圖》，兩只大牛，帶著四只小的。爸爸向我說：「那兩只老牛是我和你們的媽媽，帶著的四只小的之中，那只看不到頭，只見屁股的，就是你了。」

現在想起，家父語氣中帶著擔憂，心中約略地想著，這孩子那麼不合群，以後的命運不知何去何從。

感謝老天爺，我也一生得以周圍的人照顧，活至今，垂垂老矣，也無風無浪，這應該是拜賜於雙親一直對別人好得到的好報。

喜歡電影，有一部叫《紅粉忠魂未了情》（*From Here To Eternity*），男女主角在海灘上接吻的戲早已忘記，記得的是配角不聽命令被關牢裡，被滿臉橫肉的獄長提起警棍打的戲，如果我被抓去當兵，又不聽話，那麼一定會被這種人打死。好在到了當兵年紀，我被邵逸夫先生的哥哥邵仁枚先生托政府的關係保了出來，不然一定沒命。

讀了多間學校，也從不聽話，也好在我母親是校長，和每一間學校的校長都熟悉，才一間換一間地讀下去，但始終

也沒畢業過。

　　任性也不是完全沒有理由，只是不服。不服的是為什麼數學不及格就不能升班？我就是偏偏不喜歡這一門東西，學幾何代數來幹什麼？那時候我已知道有一天一定會發明一個工具，一算就能計出，後來果然有了計算尺，也證實我沒錯。

　　我的文科樣樣有優秀的成績，英文更是一流，但也阻止了升級。不喜歡數學還有一個理由，教數學的是一個肥胖的八婆，面孔討厭，語言枯燥，這種人怎麼當得了老師？

　　討厭了數學，相關的理科也都完全不喜歡。生物學中，把一隻青蛙活生生地剖了，用圖畫釘把皮拉開，也極不以為然，就逃學去看電影。但要交的作業中，老師命令學生把變形蟲細胞繪成畫，就沒有一個同學比得上我，我的作品精緻仔細，又有立體感，可以拿去掛在壁上。

　　教解剖學的老師又是一個肥胖的八婆，她諸多留難我們，又留堂又罰站，又打藤，已到不能容忍的地步，是時候反抗了。

　　我領導幾個調皮搗蛋的同學，把一隻要製成標本的死狗的肚皮剖開，再到食堂去炒了一碟意粉，下大量的番茄醬，弄到鮮紅，用塑膠袋裝起來，塞入狗的肚中。

　　上課時，我們將狗搬到教室，等那八婆來到，忽然衝前，

掰開肚皮，雙手插入塑膠袋，取出意粉，血淋淋的，在老師面前大吞特吞，嚇得那八婆差點昏倒，尖叫著跑去拉校長來看，那時我們已把意粉弄得乾乾淨淨，一點痕跡也沒有。

校長找不到證據，我們又瞪大了眼作無辜表情（有點可愛），更礙著和我家母的友情，就把我放了。之後那八婆有沒有神經衰弱，倒是不必理會。

任性的性格，影響了我一生，喜歡的事可以令我不休不眠。接觸書法時，我的宣紙是一刀刀地買，一刀刀地練字。所謂一刀，就是一百張宣紙。來收垃圾的人，有的也欣賞，就拿去燙平收藏起來。

任性地創作，也任性地喝酒，年輕嘛，喝多少都不醉，我的酒是一箱箱地買，一箱二十四瓶，我的日本清酒，一瓶瓶地灌。來收瓶子的工人，不停地問：「你是不是每晚開派對？」

任性，就是不聽話；任性，就是不合群；任性，就是跳出框框去思考。

我到現在還在任性地活著，最近開的越南河粉店，開始賣和牛，一般的因為和牛價貴，只放三四片，我不管，吩咐店裡的人，一幹就把和牛鋪滿湯麵，顧客一看到，哇的一聲叫出來，我求的也就是這哇的一聲，結果雖價貴，也有很多客人點了。

任性讓我把我賣的蛋捲下了蔥，下了蒜。為什麼傳統的甜蛋捲不能有鹹的呢？這麼多人喜歡吃蔥，喜歡吃蒜，為什麼不能大量地加呢？結果我的商品之中，蔥蒜味的又甜又鹹的蛋捲賣得最好。

一向喜歡吃的蔥油餅，店裡賣的，蔥一定很少。這麼便宜的食材，為什麼要節省呢？客人愛吃什麼，就應該給他們吃個過癮，如果我開一家蔥油餅專賣店，一定會下大量的蔥，包得胖胖的，像個嬰兒。

最近常與年輕人對話，我是叫他們跳出框框去想，別按照常規。常規是一生最悶的事，做多了，連人也沉悶起來。

任性而活，是人生最過癮的事，不過千萬要記住別老是想而不去做。

做了，才對得起「任性」這兩個字。

學會放鬆，別綁死自己

又是新的一年，大家都制定這次的願望，我從不跟著別人做這等事，願望隨時立，隨時遵行則是。今年的，應該是盡量別綁死自己。

常有交易對手相約見面，一說就是幾個月後，我一聽全身發毛，一答應，那就表示這段時間完全被人綁住，不能動彈，那是多麼痛苦的一件事。

可以改期呀，有人說，但是我不喜歡這麼做，答應過就必得遵守，不然不答應，改期是噩夢，改過一次。以後一定一改再改，變成一個不遵守諾言的人。

那怎麼辦才好？最好就是不約了，想見對方，臨時決定好了。喂，明晚有空吃飯嗎？不行？那麼再約，總之不要被時間束縛，不要被約會釘死。

人家有事忙，可不與你玩這等遊戲，許多人都想事前約好再來，尤其是日本人，一約都是早幾個月。「請問你六月一日在香港嗎？是否可以一見？」

對方問得輕鬆，我一想，那是半年後呀，我怎麼知道這六個月之間會發生什麼事？心裡這麼想，但總是客氣地回

答：「可不可以近一點再說呢？」

但這也不妥，你沒事，別人有，不事前安排不行呀！我這種回答，對方聽了一定不滿意的，所以只有改一個方式了：「哎呀！六月分嗎？已經答應人家了，讓我努力一下，看看改不改得了期。」

這麼一說，對方就覺得你很夠朋友，再問道：「那麼什麼時候才知道呢？」

「五月分行不行？」

「好吧，五月再問你。」對方給了我喘氣的空間。

說到這裡，你一定會認為我這人怎麼那麼奸詐，那麼虛偽，但這是迫不得已的，我不想被綁，如果在那段時間內我有更值得做的事，我真的不想赴約的。

「你有什麼了不起？別人要預定一個時間見面，六個月前通知你，難道還不夠嗎？」對方罵道，「你真的是那麼忙嗎？香港人都是那麼忙呀？」

對的，香港人真的忙，他們忙著把時間儲蓄起來，留給他們的朋友的。

真正想見的人，隨時通知，我都在的，我都不忙的，但是一些無聊的、可無可有的約會，到了我這個階段，我是不肯綁死我自己的。

當今，我只想多一點時間學習，多一點時間充實自己，

吸收所有新科技，練習之前沒有時間練習的草書和繪畫。依著古人的足跡，把日子過得閒散一點。

我還要留時間去旅行呢。去哪裡？大多數想去的不是已經去過嗎？不，不，世界之大，去不完的，但是當今最想去的，是從前一些住過的城市，見見昔時的友人，回味一些當年吃過的菜。

雖然沒去過的，比如爬喜馬拉雅山、到北極探險等，這些機會我已經在年輕時錯過，當今也只好認了，不想去了。所有沒有好吃東西的地方，也都不想去了。

後悔嗎？後悔又有什麼用。非洲那麼多的國家，剛果、安哥拉、納米比亞、莫桑比克、索馬利亞、烏干達、盧安達、岡比亞、尼日利亞、喀麥隆等，數之不清，不去不後悔嗎？已經沒有時間後悔了。放棄了，算了。

好友俞志剛問道：「你的新年大計，是否會考慮開『蔡瀾零食精品連鎖店』，你有現成的合作夥伴和朝氣勃勃的團隊，真的值得一試……」

是的，要做的事真的太多了，我現在的狀態處於被動，別人有了興趣，問我幹不幹，我才會去計劃一番，不然我不會主動地去找事做把自己忙死。

做生意，賺多一點錢，是好玩的，但是，一不小心，就會被玩，一被玩，就不好玩了。

我回答志剛兄道：「有很多大計，首先要做的，是不把自己綁死的事。決定下一步棋，也要輕鬆地去做，不要太花腦筋地去做。一答應就全心投入，就會盡力，像目前做的點心店和越南粉店，我都是百分之百投入的。」

志剛兄回信：「說得好，應該是這種態度，但世上有不少人，不論窮富，一定要把自己綁死為止。」

不綁死自己，並不是一件容易的事，我花光了畢生的經歷，從年輕到現在，往這方向去走，中間遇到不少人生的導師，像那個義大利司機，向我說：「現在煩惱幹什麼，明天的事明天再去煩吧！」

還有遇到在海邊釣小魚的老嬉皮士，當我向他說：「喂！老頭子，那邊魚更大，去外邊釣吧。」他回答道：「但是，先生，我釣的是早餐呀！」

更有我的父親，向我說：「對老人家孝順，對年輕人愛護，守時間，守諾言，重友情。」

這都是改變我思想的人和事，學到了，才知道什麼叫放鬆，什麼叫不要綁死自己。

喜為五斗米折腰

為了準備二○二○年四月底在星馬舉辦的三場行草書法展,我得多儲蓄一些文字。發現寫是容易,但要寫些什麼,又不重複之前的,最難了。

「豈能盡如人意,但求無愧於心」等字句,老得掉牙,又是催命心靈雞湯,是最令人討厭,寫起來破壞雅興,又怎能有神來之筆?

記起辛棄疾有個句子,曰:「不恨古人吾不見,恨古人不見吾狂耳。」很有氣派,由他寫當然是佳句,別人寫就有點太自大狂了。

還是這句普通的好:「管他天下千萬事,閒來怪笑兩三聲。」已記不得是誰說的,但很喜歡,又把「輕笑」改為「怪笑」,寫完自己也偷偷地笑。

講感情的還是較多人喜歡,就選了「只緣感君一回顧,使我思君朝與暮。」出自樂府《古相思曲》。原文是「君似明月我似霧,霧隨月隱空留露。君善撫琴我善舞,曲終人離心若堵。只緣感君一回顧,使我思君朝與暮。魂隨君去終不悔,綿綿相思為君苦。相思苦,憑誰訴?遙遙不知君何處。

扶門切思君之囑，登高望斷天涯路。」太過冗長，又太悲慘，非我所喜。

寫心態的，目前到我這個階段，最愛臧克家的詩：「自沐朝暉意蓊蘢，休憑白髮便呼翁。狂來欲碎玻璃鏡，還我青春火樣紅。」也再次寫了。

也喜歡戴望舒的句子：「你問我的歡樂何在？──窗頭明月枕邊書。」

「故鄉隨腳是，足到便為家」是黃霑說過，饒宗頤送他的一句話，影響了他的作品《忘盡心中情》。我想起老友，也寫了。

在中學時，友人送的一句「似此星辰非昨夜，為誰風露立中宵」，至今還是喜歡，出自黃景仁書《綺懷》，原文太長，節錄較佳。

人家對我的印象，總是和吃喝有關，飲食的字特別受歡迎，只有多寫幾幅，受韋應物影響的句子有：「我有一瓢酒，足以慰風塵。」

吃喝的老祖宗有蘇東坡，他說：「無竹令人俗，無肉令人瘦。不俗又不瘦，竹筍燜豬肉。」真是亂寫，平仄也不去管它，照抄不誤。

板橋更有：「夜半醋酒江月下，美人纖手炙魚頭。」

不知名的說：「仙丹妙藥不如酒。」

有一句我也喜歡：「俺還能吃。」

　　另有：「紅燒豬腳真好吃。」

　　更有：「吃好喝好做個俗人，人生如此拿酒來！」

　　還有：「清晨烙餅煮茶，傍晚喝酒看花。」

　　最後：「俗得可愛，吃得痛快。」

　　說到禪詩，最普通的是：「菩提本無樹，明鏡亦非臺。本來無一物，何處惹塵埃。」被寫得太多，變成俗套。和尚寫的句子，好的甚多，如：「嶺上白雲舒復卷，天邊皓月去還來。低頭卻入茅檐下，不覺呵呵笑幾回。」

　　牛仙客有：「步步穿籬入境幽，松高柏老幾人遊？花開花落非僧事，自有清風對碧流。」亦喜。

　　布袋和尚的：「手把青苗插福田，低頭便見水中天。六根清淨方成稻，後退原來是向前。」

　　禪中境界甚高的有：「佛向性中作，莫向身外求。」都已與佛無關了。

　　近來最愛的句子是：「若世上無佛，善事父母；事父母即是佛也。」

　　我的文字多作短的，開心說話也只喜一兩字，寫的也同樣。

　　在吉隆坡時聽到前輩們的意見，說開展覽會叫售價要接地氣，可以小的，大家喜歡了都買得起，結果寫了：「懶得

管」「別緊張」「來抱抱」「不在乎」「使勁玩」。四字的有
「俗氣到底」「從不減肥」「白日夢夢」等。

自己喜歡的還有：「仰天大笑出門去」「開懷大笑三萬
聲」等。

有時只改一二字，迂腐的字句活了起來，像板橋的「難
得糊塗」，改成「時常糊塗」，飄逸得多。「不吃人間煙火」，
改成「大吃人間煙火」也好。

佳句難尋，我在慣例每年開放微博一個月中，徵求網友
提供，好的我送字給他們，結果沒有得到，剛好我的網購
「蔡瀾的花花世界」有批產品推出，順便介紹了一下，便給
一位網友大罵，說我已為五斗米折腰，其他網友為我打抱不
平，我請大家息怒，自己哈哈大笑，改了一個字「喜為五斗
米折腰」，成為今年最喜歡的句子。

年輕人迷惘怎麼辦？當小販去

年輕人最大的問題是迷惘，不知前途如何。成年人最大的煩惱，是不願意聽無能的上司指點。

在網上，很多人問我這些難題，我的答案只有三個字，那便是「麥當勞」了。

說多了，很多人誤會：你特別喜歡麥當勞的食物嗎？你收了他們的廣告費嗎？為什麼老是推薦？

我可以再三地回答：我不特別喜歡或討厭麥當勞。理由很簡單：我沒有吃過。我不喜歡麥當勞，是我最討厭弄一個鐵圈，把可憐的雞蛋緊緊捆住，把一種可以千變萬化的食材，改成千篇一律。我討厭的，是將美食消絕的速食文化。

至於廣告，他們有年輕小丑推銷，不必動用到我這個老頭。他們請大明星，更是不成問題。我老是把這三個字推銷給年輕人，是當他們問我失業怎麼辦？好的，去麥當勞打工呀，一定有空職，他們很需要人才。人生怎麼會迷惘呢？最差也有一個麥當勞請你入職。

如果你肯經過麥當勞式的職業訓練，你今後工作的態度也會有所改變，就像叫你去當兵一樣，知道什麼是規矩和服

從。你再也不受父母的保護，你知道怎麼走入社會，這是人生的第一步。

　　一切都要靠自己的努力，沒有直升機從空而降，麥當勞是基本功。開一家餐廳，有數不清的困難和危機，對人事的處理，有學不盡的知識。做任何事，都不容易，麥當勞會出錢讓你學習。

　　要擁有自己的餐廳，就像讀書人的理想是開書店一樣。喜歡飲食的人，為什麼要朝九晚五替別人打工，為什麼不可以把時間和生命控制在自己手裡？

　　當小販去吧！當今是最好的時機。

　　對的，香港已經沒有小販這回事，政府不許，都要開到店裡去，當地產商橫行霸道時，租金是當小販的最大障礙，可是現在不同了，看這個趨勢，房地產價錢一定下跌，租金也相應地降了，這是當小販的最好時機。

　　和同事或老友一起出來打世界，一對小夫妻也行，存了一點錢就可以開店了，從小的做起，不必靠工人，不必受職員的氣，同心合力把一件事做好，日本就有這種例子。人家可以，我們為什麼不可以？

　　最大的好處是自由，想什麼時候營業都行，如果你是一個夜鬼，那就來開深夜食堂吧。要是你能早起，特色早餐一定有市場。

賣什麼都行，盡量找有特色的，市場上沒有的，不然就跟風，人家賣拉麵你就賣拉麵，但一定要比別人好吃才行。

我一向認為，做食肆只要堅守著「平」「靚」「正」這三個字，絕對死不了人。

「平」是便宜，字面上是，但有點抽象，貴與便宜，是看物有所值與否。「靚」當然是東西好，實在，不花巧。「正」是滿足。

有了這三個字，大路就打開了，前途光明無量。

基礎打好，有足夠的經驗和精力及本錢，就可以擴大，就可以第二家、第三家地開下去，但越開多，風險越大，照顧不到的話，虧本是必定的。

至於賣些什麼？最好是你小時候喜歡吃些什麼，就賣什麼，賣不完自己也可以吃呀！老人家說不熟不做，是有道理的，你如果沒有吃過非洲菜就去賣，必死無疑。

即使吃過，只是喜歡是不夠的，也別做去學三個月就變成專家的夢，好好學習，從頭學起，一步一步走，走得平穩，走得踏實。

香港人最喜歡吸納新事物、新食物，泰國菜、越南菜，甚至韓國菜、日本菜，都可以在香港生存下去，有些還要做得比本來的更美味。

可以發展的空間很大，也不必去學太過刁鑽的，像潮州

小食粿汁，就很少人去做，開一檔正宗的，粿片一鍋鍋蒸，一塊塊切出來，再配以鹵豬皮、豆卜之類又便宜又美味的小食，只要是味道正宗，所有傳媒都會爭著報導。

　　東南亞小吃更有得做，但為什麼一味簡簡單單、又受大眾接受的叻（lè，源自馬來西亞的麵食料理）沙沒有人做得好呢，不肯加正宗的血蚶呀。血蚶難找，有些人說。九龍城的潮州雜貨店就可以買到。

　　別小看小販，真的會發達的，我親眼看到過許多成功的例子，由一家小店開始，做到十幾二十間分行，當小販不是羞恥的行業。當今許多放棄銀行高薪而出來、在美食界創業的年輕人，經過刻苦耐勞，等待可以收成的日子來到，那種滿足感，筆墨難以形容。

　　好，大家當小販去吧！

活，也要讓人活

年紀越大，孤僻越嚴重。所以有「愛發牢騷的老人」這句話。

最近盡量不和陌生人吃飯了，要應酬他們，多累！也不知道邀請我吃飯的人的口味，叫的不一定是些我喜歡的菜，何必去遷就他們呢！

餐廳吃來吃去，就是那麼幾家信得過的，不要聽別人說：「這家已經不行了。」自己喜歡就是，行不行我自己會決定，很想說：「那麼你找一家比他們更好的給我！」但一想，這話也多餘，就忍住了。

盡量不去試新的食肆，像前一些時候被好友叫去吃一餐淮揚菜，上桌的是一盤熏蛋，本來這也是倪匡兄和我都愛吃的東西，豈知餐廳要賣貴一點，在蛋黃上加了幾顆莫名其妙的魚子醬，倪匡兄大叫：「那麼腥氣，怎吃得了！」我則不出聲了，氣的。

當今食肆，不管是中餐西餐，一要賣高價，就只懂得出這三招：魚子醬、鵝肝醬和松露醬，好像把這三樣東西拿走，廚子就不會做菜了。

　　食材本身無罪，魚子醬醃得不夠鹹，會壞掉，醃得太淡，又會腐爛，剛剛好的，天下也只剩下三四個伊朗人做得出。如果產自其他地方，一定咸得只剩下腥味，唉，不吃也罷。

　　鵝肝醬真的也剩下法國碧麗歌的，只占世界產量的百分之五，其餘百分之九十五都是來自匈牙利和其他地區，劣品吃出一個死屍味道來，免了，免了。

　　說到松茸，那更非日本的不可，只切一小片放進土瓶燒中，已滿屋都是香味。用韓國的次貨，香味減少，再來就是其他的次次次貨，整根松茸扔進湯中，也沒味道。

　　現在算來，用松茸次貨，已有良知，當今用的只是松露醬，義大利大量生產，一瓶也要賣幾百港幣，也覺太貴，用別地不知名的吧，只要一半價錢，放那麼一點點在各種菜上，又能扮高級，看到了簡直是倒胃。

　　西餐其實我也不反對，尤其是好的，不過近來也逐漸生厭，為了那麼一餐，等了又等，一味用麵包來填肚，再高級的法國菜，見了也怕怕。

　　只能吃的，是歐洲鄉下人做的，簡簡單單來一鍋濃湯，或煮一鍋燉菜或肉，配上麵包，也就夠了。從前為了追求名廚而老遠跑去等待日子，已過矣，何況是模仿的呢？假西餐做中餐，只學到在碟上畫畫，或來一首詩，就是什麼高級、

精緻料理，上桌之前，又來一碟鮭魚刺身，倒胃，倒胃！

假西餐先由一名侍者講解一番，再由經理講講，最後由大廚出面講解，煩死人。

講解完畢，最後下點鹽，雙指抓起一把，屈了臂，作天鵝頸項狀，扭轉一個彎，撒幾粒鹽下去，看了不只是倒胃，簡直會嘔吐出來。

以為大自然才好的料理也好不到哪裡去，最討厭北歐那種假天然菜，沒有了那根小鉗子就做不出，已經不必去批評分子料理了，創發者知道自己已技窮，玩不出什麼新花樣，自生自滅了，我並不反對去吃，但是試一次已夠，而且是自己不花錢的。

做人越來越古怪，最討厭人家來摸我，握手更是免談。「你是一個公眾人物，公眾人物就得應付人家來騷擾你！」是不是公眾人物，別人說的，我自己並不認為自己是，所以不必去守這些規矩。

出門時已經一定要有一兩位同事跟著了，凡是遇到人家要來合照的，我也並不拒絕，只是不能擁抱，又非老友，又不是美女，擁抱來幹什麼？最討厭人家身上有股異味，抱了久久不散，令我周身不舒服，再洗多少次澡還是會留住。

這點助理已很會處理，凡是有人要求合照，代我向對方說：「對不起，請不要和蔡先生有身體接觸。」

　　自認有點修養，從年輕到現在，很少很少說別人的壞話。有些同行的行為實在令人討厭，本來可以揭他們的瘡疤來置他們死地，但也都忍了，遵守著香港人做人的規則，那就是：活，也要讓人活！英語中的 Live and Let Live ！

　　但是也不能老被人家欺負，耐心地等，有一天抓住機會，從這些人的後腦來那麼深深一刺，見他們死去，還不知是誰幹的。

　　在石屎森林（當地的高樓大廈）活久了，自有防禦和復仇的方法，不施展而已，也覺得不值得施展而已。

想兩者兼得，煩惱就產生了

「戀愛好，還是婚姻好？」弟子問。

「當然是戀愛好。」

「真是甜蜜！」

「也真是痛苦！沒有了痛苦，就感覺不到甜蜜，這是代價。」

「這麼說，人生不是充滿了代價嗎？」

「所以我們把它說成因和果，有前因，必有後果，聽起來舒服一點，更接近宗教，雖然很玄，但也是事實。」

「難道結了婚之後，兩人就不能戀愛嗎？」

「可以繼續戀愛，但不限制於傳宗接代，只要雙方在思想上都在進步，就能戀愛。單方面停止進步，那麼只剩下溫情，剩下互相的關懷而已。」

「關懷不是一件好事嗎？」

「太多的關懷，變成一種負擔。人是一個個體，大家都有照顧自己的一套，不必旁人指導。關心，像問候一樣，講太多次就覺得很煩。」

「戀愛中的男女，享受的就是這些呀。」

「對，所以說戀愛比結婚好。沒結婚之前，原諒對方的缺點。結了婚，就開始不客氣指責，不是一件好玩的事。」

「總要爭爭吵吵？怎麼避免？」

「可以從各自發展自己的興趣開始。」

「像一起打高爾夫球不可以嗎？」

「可以。不過最好是你打高爾夫，我做我的瑜伽，回家時把學到的東西分享。講這種事太遙遠了，你還是集中精神去戀愛吧。」

「暗戀一個人，怎麼辦？」

「千萬別暗戀，要明戀，暗戀對方不知道，沒有用。」

「但是說不出口呀！萬一對方不接受，又講給別人聽，不羞死人嗎？」

「你有兩者兼得的毛病，煩惱就產生了。」

看人是一種本事，人可以貌相

人活到老了，就學會看人了。

看人是一種本事，是累積下來的經驗，錯不了的。

古人說：人不可貌相。我卻說：人絕對可以貌相，我是一個絕對以貌取人的人。

相貌也不單是外表，是配合了眼神和談吐，以及許多小動作而成。這一來，看人更加準確。

獐目鼠眼的人，好不到哪裡去，和你談話時偷偷瞄你一眼，心裡不知打什麼壞主意，這些人要避開，愈遠愈好。

大老闆身邊有一群人，嬉皮笑臉地拍馬屁，這些人的知識不會高到哪裡去。雖然說要保得住飯碗，也不必做到這種地步，能當得上老闆的人，還不都是聰明人？他們心中有數，對這群來討好自己的，雖不討厭，但是心中不信任，是必然的事。

說教式地把一件不愉快的事重複又重複，是生活刻板的人，做人消極的人，這種人盡量少和他們交談，要不然你的精力會被他們吸光。

年輕時不懂，遇到上述這些人就馬上和他們對抗，給他

們臉色看，誓不兩立，結果是給他們害慘。現在學會對付，笑臉迎之，或當透明，望到他們背後的東西，但心中還是一百個看不起。

美醜不是關鍵。

我遇到很多美女，和她們談上一小時，即刻知道她們的媽媽喜歡些什麼、用什麼化妝品、愛駕什麼車。她們的一生，好像都濃縮在這短短的一小時內，再聊下去，也沒有什麼話題。當然，在某些情形之下，你不需要很多話題。

醜人多作怪是不可以原諒的。幾乎所有的三八八婆都是這一個典型。和她們為伍，自己會變成她們，總之碰不得也。

愁眉深鎖的女人，說什麼也討不到她們的歡心，不管多美，也極為危險，這些人多數有自殺傾向，最怕是有這個念頭時，拉你一塊走。

這種女人送給我，我也不要。現實生活上也會遇到的，像林黛和樂蒂等人，都是遺傳基因使她們不快樂。

大笑姑婆很好，她們少了一條筋，憂愁一下子忘記，很可愛的。不過多數是二奶命，二奶又有什麼不好？她們大笑一番，愉快地接受了。

愛吃東西的人，多數不是什麼壞人。他們拚命追求美食，沒有時間去害人，大笑姑婆兼饞嘴，是完美的結合，這種女人多多益善。

樣子普通，但有一股靈氣的女人，最值得愛。什麼叫有靈氣？看她們的眼睛就知道，你一說話，她們的口還沒有張開之前，眼睛已動，眼睛告訴你她們贊不贊成。即使她們不同意你的看法，也不會和你爭辯，因為，她們知道，世界上要有各種意見，才有趣。

我們以前選新人，二十世紀六七十年代中一部片就是上千個，有誰能當上女主角，全靠她們的一對眼睛，有的長得很美，但雙眼呆滯，沒有焦點，這種女人怎麼教都教不會演一個小角色。

自命不凡、高姿態出現的女強人最令人討厭，她當身邊的人都是白痴，只有自己一個才是最精的。這種女人不管美醜，多數男人都不會去碰她們。從她們臉上可以看出荷爾蒙失調。

「我還很年輕，要怎麼樣才學會看人？」小朋友常這麼問我。

要學會看人，先學會看自己。

本人一定要保存一份天真。

像嬰兒一樣，瞪著眼睛看人，最直接了。

沉默最好，學習過程之中，牢牢記住就是，不要發表任何意見，否則即刻露出自己無知的馬腳。

注視對方的眼睛，當他們避開你的視線時，毛病就看得出來了。

也不是絕對地不出聲。將學到的和一位你信得過的長輩商討，問他們自己的看法對與不對。長輩的說法你不一定贊同，可以追問，但不能反駁，否則人家嫌你煩，就不教你。

慢慢地，你就學會看人了，你一定會受到種種的創傷，當成交學費，不必自怨自艾。

兩邊腮骨突出來的，所謂的反腮，是危險的人，把你吃光了骨頭也不吐出來。以前我不相信，後來看得多，綜合起來，發現比率上壞的實在占多。

說話時只見口中下面的一排牙齒，這種人也多數不可靠。

一眼看下去像一個豬頭，這種人不一定壞，但大有可能是愚蠢的、怕事的、不負責任的。

從不見笑容，眼睛像兀鷹一樣的，陰險得很。

什麼時候學會看人，年紀大了自然懂得。當你畢業時，照照鏡子，看到一隻老狐狸。

我就是一個例子。

互相尊敬，是基本的禮貌

不知不覺之中，我也成了所謂的「名人」，時常有陌生人問：「可不可以和你拍一張照片？」

對方很客氣，我當然不會拒絕，要拍多少張都行。從小被父母親教育，人與人之間，應該有互相的尊敬，這是基本的禮貌，必定遵從。

不喜歡的是，連這一點最低的要求都不懂，譬如就來一句：「喂，蔡瀾，合拍一張？」

我多數當對方是透明，裝聾作啞，從他身邊經過。心情好的時候，我會說：「對年紀比你大的人，不可以呼名道姓。」

這是事實，對方的父母沒教他，由我來倚老賣老指出，對他們也不無好處。

有些人聽到了，覷睨而去。有些人翻臉：「不拍就不拍，你以為我會稀罕？」

對著此等人間廢物，只有蔑視。

在新書出版後的簽書會上，很多讀者要求合照，隊伍太長，一位位拍，時間是不夠的，我關照助手替對方拿著手

機，要他們站在我身後，一面簽名一面拍。

多數讀者會滿意而去，但也有很多人說：「直的一張，我們再來橫的一張，看看鏡頭！」

這時我心中開始厭煩，雖不作聲，但是表情已經硬，擠不出笑容了。

有些相貌娟好，言語不俗，以為是很喜歡看書的知識分子，智商一定很高，豈知眼對鏡頭，他們即刻舉起剪刀手來，作勝利狀，我看了也苦笑作罷了，不會生氣。年輕人喜歡作 V 字狀，情有可原，七老八老，還要作此動作，就顯出智商低了。

答應了和對方合照之後，他們會越走越近，我一向越避越開，還得保持客氣，但他們得寸進尺，伸出手來要擁攬我肩膀，這就很討厭了。

是的，人與人之間要互相尊重，但是對年紀比我們大的人，不可作親友狀，我與金庸先生認識數十年，也不敢作此大膽無禮的動作，非親戚朋友，怎可勾肩搭背？

走進食肆，店主有時要求合照，從前我來者不拒，後來聽到很多人投訴，看到我的照片才去吃的，怎麼知道東西嚥不下喉？

被冤枉多了慢慢學乖了，一進門就要求拍照時，我會說等吃完再拍好了，如果難吃的，就一溜煙跑掉，東西好吃，

我則會很樂意地和他們拍照。

　　有時候，怎麼也避免不了，去了一個飲食人的聚會，多人要合拍，也一一答應了，第二天便被貼在店外。當今，在這種情形，我多數不笑，所以江湖上已傳出，要看到照片上我笑的才好去吃，這也是真的，沒有說錯。

　　有時我還會主動，要是東西好吃，我請廚房的所有同事都出來合拍，看見有些服務員站在一邊不敢出聲，我也一一向她們招手。

　　拍全體照最費時，通常他們要我坐下，然後一個個加入，我左等右等，大家還是沒有排好位置！吃虧多了，就要求大家先擺好姿態，留中間一張空凳，等到最後我才坐上去，年紀愈大愈珍惜時間。

　　合照可以，握手就免了吧。我最怕和人握手了，對方的手總是溼膩膩的，握完就要去洗一次手，洗多了脫皮，也變成了潔癖。很怕握手，但對方伸出來，拒絕了很不禮貌，我多數拱拱手，作抱拳答謝狀，向各位說：「當今已不流行握手了。」

　　從前有過一陣子，聽別人說不如叫那些要合照的人捐一些錢做慈善吧，我叫助手拿了一個鐵筒收集，也得過不少零錢，至今嫌煩，不如自己捐吧。

　　在香港的街上，遇到遊客要求合照，我當然也沒拒絕

過，當自己是一個旅遊大使，為香港出一分力也是應該的，烈日和寒冷天氣下，我還是會容忍。

要求之中，最討厭的是「自拍」了，所有自拍，人都要靠得極近，對方又不是什麼絕色佳人。而且，一自拍，人頭一定一大一小，效果不會好的，通常我會請路過的人替我們拍一張算數。

遇到自己喜歡的人，我也會像小粉絲一樣要求合拍，對方若拒絕，也會傷心，但好在沒有發生過這種情形，因為我的態度是極誠懇的。

最後一次，是在飛機上遇到神奇女俠蓋爾‧加多（Gal Gadot），她很友善，點頭答應，微笑著合拍了一張。

想起一件往事，拍《城市獵人》時，從日本請來了當時被譽為最漂亮的日本女明星後藤久美子，在香港遇到影迷時被要求合照，大多數日本的明星會拒絕，不拒絕經紀人也會教他們拒絕，久美子也不肯合照，成龍看到了說：「他們是米飯班主呀。」

後來久美子遇到影迷，也都笑臉迎人了。

跟古人學快樂，快樂其實很簡單

古人有四十件樂事：

一、高臥	二、靜坐	三、嘗酒	四、試茶
五、閱讀	六、臨帖	七、對畫	八、誦經
九、詠歌	十、鼓琴	十一、焚香	十二、蒔花
十三、候月	十四、聽雨	十五、望雲	十六、瞻星
十七、負暄	十八、賞雪	十九、看鳥	二十、觀魚
二十一、漱泉	二十二、濯足	二十三、倚竹	二四、撫松
二十五、遠眺	二十六、俯瞰	二十七、散步	二十八、盪舟
二十九、遊山	三十、玩水	三十一、訪古	三十二、尋幽
三十三、消寒	三十四、避暑	三十五、隨緣	三十六、忘愁
三十七、慰親	三十八、習業	三十九、為善	四十、布施

從前，大部分都不要錢的；當今，當然沒那麼便宜，談的只是一個觀念。

高臥，睡個大覺，不管古今，大家都喜歡，可是都市人很多睡得不好，只有吞安眠藥去。靜坐都市人談不上，我們勞心勞力，坐不定的。

嘗酒可真的是樂事，現在已可以品嘗各種西洋紅白酒，較古人幸福得多。試茶人人可為，不過茶的價錢被今人炒得不像話，什麼假普洱也要賣到幾千幾萬，拍賣起來甚至到百萬元，實在並非什麼雅事。

閱書的樂趣最大，不過大家已對文字失去興趣，寧願看圖像，連最新消息也要變成什麼動新聞，看得十分痛心。

臨帖更是不會去做。對畫？對的只是漫畫。

誦經只求報答，求神拜佛，皆有所求。《心經》還是好的，唸起來不難，得個心安理得，是值得做的一件事。

詠歌？當今已變成去唱卡拉 OK 了。真正喜歡音樂的到底不多，鼓琴更沒什麼人會去玩了。

焚香變成了點煙燻，化學味道一陣陣。檀香和沉香等已是天價，並非人人燒得起的。

最難的應該是蒔花了。蒔花這兩個字是栽花種花，整理園藝，栽培花的品種，當今只是情人節到花店買一束送送，並非古人的「蒔花弄草臥雲居，漱泉枕石閒終日」了。

候月？今人不會那麼笨，有時連頭也不抬，月圓月缺，關吾何事。

聽雨嗎？雨有什麼好聽的？今人怎會欣賞宋代蔣捷的「少年聽雨歌樓上，紅燭昏羅帳。壯年聽雨客舟中，江闊雲低、斷雁叫西風。而今聽雨僧廬下，鬢已星星也。悲歡離合總無情，一任階前、點滴到天明」？

望雲來幹什麼？要看天氣嗎？打開電視機好了。

瞻星？夜晚已被霓虹燈汙染，怎看也看不到一顆。有空旅行去吧，在沙漠的天空，你才會發現，啊，怎有那麼多。

「負暄」這兩個字有兩種解釋：一向君王敬獻忠心，很多人以為這兩個字是這樣的，不知道它還有第二個解釋，即是在冬天受日光曝晒取暖，這才是真正的樂事。

賞雪嗎？今天較幸福，一下子飛到北海道去。

看鳥去是不敢了，有禽流感呀。

觀魚較多人做，養魚改改風水，擋擋災。不然養數百數千數萬的錦鯉，發財嘍。漱泉嗎？水被汙染得那麼厲害，怎麼漱？就算有乾淨的泉水，也被商人裝成礦泉水去賣，剩下的才用來當第二十二條的濯足。

倚竹？當今只有在植物公園裡才看到竹，普通人家哪有花園來種？撫松也是，只能在辛棄疾的詩中聯想：「昨夜松邊醉倒，問松我醉何如？只疑鬆動要來扶，以手推松日：去。」

遠眺，香港的夜景，還是可觀的。

俯瞰，從飛機的窗口看看香港的高樓大廈吧。

散步還是一項便宜的運動，慢跑就不必來煩我了。

今人怎有地方盪舟？有點錢的乘遊輪看世界，沒有的只好來往天星碼頭。早上學周潤發爬山的好事，至於玩水，香港的公眾浴池有些人會在中間小解的。訪古最好當然去埃及看金字塔了，尋幽就要到約旦的佩特拉看紅色的古城。當今人真幸運，旅行又方便又便宜，天熱可往泰國消暑，又有按摩享受；天寒到韓國去滑雪，又有美味的醬油螃蟹可食。

第三十五的隨緣已涉及哲學和宗教了，大家都知道，但大家都做不了。第三十六的忘愁也是一樣。

第三十七的慰親趕緊去做吧，要不然有一天會後悔的。

第三十八的習業是把基本功打好，經過這段困苦而單調的學習過程，一定懂得什麼叫謙虛。

最後的兩件為善和布施盡量去做，如果不是富翁，在飛機上把零錢捐給聯合國兒童基金會吧。

有個愛人終老，是最大的幸福

家父的友人，近年來也都相繼去世。

印象最深刻的是張先生。

張先生患眼疾，開了幾次刀都沒醫好，要戴一個很厚的眼鏡才能看到東西，雙眼被鏡片放得很大，老遠，就看見他的眼珠。

為了報答他對雙親的友誼，我到處旅行走過玻璃光學店，就替張先生找放大鏡。張先生一生喜歡吃東西，凡有新菜館開張，他必去試。看不見菜單點菜，對他來說是件痛苦的事，所以他需要一個攜帶方便的放大鏡，倍數越大越好，我買過幾個精美的送他，他很感激。

每個星期天早上，張先生在公園散完步，便來家坐，一看到我，拉著我們整家人去吃早餐。

張先生的早餐不止牛油麵包，是整桌的宴席，魚蝦蟹齊全，當然少不了酒，他總從車廂後拿出一瓶陳年白蘭地，家母、他和我三人，一大瓶就那麼報銷了。

「別刻薄自己。」是張先生的口頭禪。

　　退休之後，他把家中收藏的張大千、齊白石一幅幅地賣掉，高薪請了一個忠心的司機，要去哪裡，就去哪裡。最愛逛的，當然是菜市場，把新鮮材料買回來，親自下廚。

　　我常喜歡說的那個牛鞭故事，就是他告訴我的。

　　什麼？你沒聽過那牛鞭故事。好，我慢慢說給你聽。

　　張先生和兒子媳婦住在一間大屋子裡，一切安好，但最令張先生受不了的，就是他兒媳婦愛大聲叫床，一星期和兒子搞幾晚，鬧得張先生睡不著覺。

　　開始小小的復仇計劃，張先生紙菜市場買了一條牛鞭，叫媳婦做菜。

　　「怎麼煮法？」媳婦問。

　　「洗乾淨後炸一炸就是，油要多。」張先生說。

　　媳婦燒滾了油鍋，把牛鞭放了進去。

　　突然，那條牛鞭膨脹了數倍，像一條蛇，張口噬來。媳婦嚇得大叫哀鳴，失聲了幾天。

　　張先生哧哧偷笑，從此得到數夜的安眠。

　　家裡說是富裕也談不上，張先生一直在大機構打工，身任高職，不愁吃不愁穿就是，但多年下來的儲蓄，再加上對股票市場的眼光，讓他有足夠的錢一直吃喝玩樂。

　　戴在他左手食指上的是一顆碧綠的翡翠，張先生回憶，是石塘咀的一位紅牌阿姑送給他的。年輕時，張先生的詩詞

第三部分
不如任性過生活

認識，令她傾倒。紅牌阿姑去嫁人，對他念念不忘，把戒指留給他做紀念。

「凡是人，都有情。」張先生說道，「妓女淑女，應該一視同仁。」

張太太也知道丈夫的風流史，她很賢淑地依偎在他身邊，常說：「回家就是，回家就是。」可惜，她比張先生早走了。

過了一年，張先生向兒女們宣布：「我需要一個女人。」兒女反對。

張先生一生沒說過粗口，但他對他們說：「我又沒用你們的錢，你們反對個鳥！」

他把情人帶到我們家裡時，大家嚇得一跳，是個二百多磅的肥婆，但樣子甜，還算年輕。

「在酒吧認識的。」張先生告訴家父。

「她怎麼肯跟你？」爸爸趁她走開時問。

張先生說：「我問她一個月賺多少錢？她說一萬塊，我給她兩萬，就那麼簡單。」

「那麼多女的都可以給兩萬，為什麼選中她？」問題的言下之意是為什麼選中一個肥婆？

「我注意了她很久。」張先生說，「只有她不肯和客人睡覺，也許是她那麼胖，沒有人肯跟她睡覺。」

肥婆走回來，拿了開水，定時餵張先生吃藥，他拍拍她的手臂，說聲謝謝，透過那副厚眼鏡，充滿愛意地用大眼睛望著她。

「你先回家，我再和蔡先生談一會兒就回來。」

說完，張先生請司機送新太太，並問司機吃過飯沒有，塞了一些小費給他。

「兒女們開家庭大會。」張先生說，「派代表來向我提出條件，說在一起可以，但是不能生小孩，免得分家產時麻煩。」

「你還能生嗎？」爸爸對這個老朋友不必客氣。

張先生笑了：「我事先跟她說不用做那回事的，只是想晚上有個人抱抱。既然要抱，就要選一個大件的嘍。後來抱呀抱，摸呀摸，兩個人搞得興起，就來一下嘍。」

我們笑得從椅子跌地。

「已經把一切安排好了。」張先生說，「我走後她每個月還是照樣領取兩萬，一年多二十巴仙（百分之）的通貨膨脹，直到她自己放棄為止。」

張先生的葬禮很鋪張，是兒女們要的面子，我正在外國工作，事後家父才告訴我的，沒有參加，心很痛。

家父說葬禮中只有兩個人哭泣，司機和肥婆。

一生裁縫，裁縫一生

監製的電影之中，我曾經親自參與服裝設計的也不少。很久之前，張曾澤導演的《吉祥賭坊》是其中之一。

當年賣中國絲綢的地方不多，到油麻地的「裕華百貨」去挑，替女主角何琍琍選了十多件民初裝，根據衣樣的三種花紋的顏色，緄上三條襯色的邊，非常好看。

男主角岳華的長衫，大膽地用西裝料，中國絲綢太薄，容易皺，用了西裝料，長衫筆挺，加在頸項上的那條圍巾，也做得特別長，以配岳華五尺十一寸的身高。

料子買完後便去找高手胡師傅，他是當年最好的上海裁縫，兩人研究了半天，又半天，再半天。

胡師傅處，存有種種的粗邊料子，上面的刺繡手工，已非近人有能耐做到的。但太闊的緄邊會影響整件衣服的色調，本來襯佈景的顏色，弄得不調和，便顯得整件衣服不安詳了。又有些服裝是用來拍動作戲的，也須胡師傅放闊肩寬和褲襠。大致的設計完成後，胡師傅開始替演員度身。

這一量，可量得真仔細。

身長前，身長後，前奶胸，背長，前小腰，後小腰，前中腰，後中腰，前下腰，後下腰，下擺，開叉，肩寬，掛肩，袖長，袖口，領大，領前高，領後高，胸扎，褲長，腰大，直襉，橫襉，腳管。

一量要量二十五個部位，才算略有準則。當然，初步完成後還要穿在演員身上，做精密地修改。

當年這部電影大賣錢，許多東南亞的觀眾特地跑來香港做衣服，要求和何莉莉穿的一模一樣。

和胡師傅失去聯絡已久，是因為聽到同行說他已經不做，再也找不到他了。

一次我在油麻地找一間燉奶店試食，偶然碰到他，大喜。

「你還在替人家做旗袍嗎？」我問。

「當然。每年香港小姐穿的，還是我做。」胡師傅人矮，又清瘦，說話小小聲。粵語這麼許多年來還是不準，我們用普通話交談。他還是那麼不苟言笑。

「為什麼人家告訴我你退休了？」

「我們這一行生意越來越壞，能傳說少一個師傅，就少一個師傅吧。」胡師傅不在乎地說。

這些同行真可恨。

我們邊走邊談，回到他在油麻地寶靈街六號的老店，樓

梯口旁的水果攤，還是由那位老太太經營。她認出是我，高興地打招呼。

走上二樓，胡師傅的老助手來開門，這間狹窄的小房間中，他們一手一腳創造出許多傑作來。

「還記得我們合作的《吉祥賭坊》嗎？」我問。

「怎麼不記得？」胡師傅興奮了起來。

「那部電影帶來不少生意吧？」

「不，不。」胡師傅一口氣說，「人家以為是在裕華做的，都跑到他們那裡去，給他們賺飽了。我為什麼知道？是因為有些客人的要求刁鑽，裕華做不了，還是拿回來給我完成。」

「現在呢？做一件旗袍要多少錢？」我單刀直入地。

「要四千多一點，連工帶料。」

二十年前是一千多一件，其他東西已貴了十倍二十倍，胡師傅這裡只多了三千，算是合理的了。而且，一件旗袍，只要身材不變，是穿一生一世的。

看見架上有幾套唐裝衫褲。

「怎麼那麼小？」我問，「是什麼人穿的？」

「說出來你也知道。」胡師傅說，「她就喜歡穿男裝，每年總得來做幾套。」

記起來了，當年曾經在店裡看到這位女扮男裝的老人家。來胡師傅這裡的客人，不乏江湖中許多響噹噹的人物。

「喂，胡師傅，你有沒有替張愛玲做過衣服？」

他正經地：「張愛玲在香港住的時候還是學生，哪裡有錢來找我？她照片上的幾件唐裝，有的還不錯，有的像壽衣。如果經我手，我一定勸她用花一點的料子，看起來便不那麼礙眼。」

「林黛呢？你做過吧？」

「做過。」胡師傅回憶，「林黛的腿其實很短，穿起開叉旗袍並不好看；但是衫褲的話，穿上一對加底的繡鞋，人就高了。她腰細，可引誘死人。」

「你替我做的那件長袍，我現在在冬天還穿著到外國去呢！」我說，「一點也沒走樣。」

「中國人的設計最適用了，長袍的叉開在右邊，不像西式大衣開中間。開中間，風就透進來了。」

胡師傅說的，我完全同意。

「這麼多漂亮女人，全給你看過，我真羨慕你。」我向胡師傅開玩笑。

「你也見過不少呀。」他說。

「是的，但是比不上你。我乾看。你一見面，就拿軟尺替人量胸，還是你著數。」我饒舌。

胡師傅笑了，笑得開心。

開一家夢想中的書局

很多讀書人的夢想，就是開一家書局，香港的租金貴，令書店一間間倒閉，開書店實在不易，開一家專賣藝術書籍的書店，那就更難了。

我們向馮康侯老師學書法時，常光顧的一家叫「大業」，開業至今已有四十多年，老闆叫張應流，我們都叫他為「大業張」。

店開在史丹利街，離開「陸羽茶室」幾步路，飲完茶就上去找書，什麼都有，凡是關於藝術的：繪畫、書法、篆刻、陶瓷、銅器、玉器、家具、賞石、漆器、茶等，只要你想得到，就能在「大業」裡找到，全盛時期，還開到香港博物館中等地好幾家呢。

喜歡書法的人，一定得讀帖，普通書店中賣的是粗糙的印刷物，翻印又翻印，字跡已模糊，只能看出形狀，一深入研究就不滿足，原作藏於博物館，豈能天天欣賞？後來發現「大業」也進口二玄社的版本，大喜，價雖高，看到心愛的必買。

二玄社出的也是印刷品，但用最新大型攝影機複製，印

刷出來與真品一模一樣，這一來，我們能看到書法家的用筆，從哪裡開始，哪裡收尾，哪裡重疊，一筆一畫，看得清清楚楚，又能每日摩挲，大叫過癮。

大業張每天在陸羽茶室三樓六十五號臺飲茶，遇到左丁山，從他那裡傳出年事已高，有意易手的消息，聽了不禁唏噓，那麼冷門的藝術書籍，還有人買嗎？還有人肯傳承嗎？一連串問題，知道前程黯淡的，有如聽到老朋友從醫院進進出出。

忽然一片光明，原來「大業」出現的白馬王子，是當今寫人物訪問的第一把交椅的才女鄭天儀。

記得蘇美璐來香港開畫展時，公關公司邀請眾多記者採訪，而寫得最好的一篇，就只出自她的手筆，各位比較一下就知我沒說錯。如果有興趣，上她的臉書 @tinnycheng 查看就知道，眾多人物在她的筆下栩栩若生，實在寫得好。

說起緣分，的確是有的。天儀從小愛藝術，這方面的書籍一看即沉迷，時常到香港博物館的「大業」徘徊，難得的藝術書必用玻璃紙封住，天儀一本本去拆來看，常給大業張斥罵，幾乎要把她趕走。

後來熟了，反而成為老師小友，大業張有事，她也來幫忙，有如書店的經理。

當左丁山的專欄刊出後，天儀才知道老先生有出讓之

意，茶聚中問價錢，大業張出的當然不是天儀可以做到的，因為除了書局中擺的，貨倉更有數不盡的存貨，一下全部轉讓，數目不少。

當晚回家後天儀與先生馬召其商量，他是一位篆刻家，特色在於任何材料都刻，玻璃杯的杯底、玉石、象牙、銅鐵等，都能入印。從前篆刻界也有一位老先生叫唐積聖，任職報館，是一位刻玉和象牙的高手，也是什麼材料都刻，黑手黨找不到字粒時，就把鉛粒交給他，他大「刀」一揮，字粒就刻出來，和鑄的字一模一樣，唐先生逝世後，剩下的專才也只有馬召其了。

先生聽完，當然贊成。天儀也不必在財務上麻煩到他，找到一位志同道合的朋友，各出一半，就那麼一二三地把「大業」買了下來。

成交之後，大業張還問天儀你為什麼不還價的？天儀只知不能向藝術家討價還價，大業張是國學大師陳湛銓的高足，又整天在藝術界中浸淫，當然也是個藝術家了，但沒有把可以還價的事告訴她。

「接下來怎麼辦？」我問天儀。

「走一步學一步。」她淡然地說，「開書店的夢想已經達到，而且是那麼特別的一家。缺點是從前天下四處去，寫寫

人物，寫寫風景，逍遙自在的日子，已是不可多得了。」

那天也在她店裡喝茶的大業張說：「從日本進貨呀，到神保町藝術古籍店走走，也是一半旅遊，一半做生意呀。」

大業張非常熱心地從口袋中拿出一本小冊子，把他交往過的聯絡人仔細又工整的記錄，全部告訴了天儀，等他離開後，我問了天儀一些私人事。

「你先生是寧波人，怎麼結上緣的？」

「當年他長居廣州，有一次來港，朋友介紹，對他的印象並不深，後來又在集會上見多了幾次。有一回我到北京做採訪，忽然病了，那時和他在社交網絡上有來往，他聽到了說要從廣州來看我，問我住哪裡，我半開玩笑說沒有固定地址，你可以來天安門廣場想見，後來我人精神了，到了廣場，看見他已經在那裡站了一天，就……」

真像亦舒小說中的情節。

當今要找天儀可以到店裡走走，如果你也是大業迷，從前在那裡買的書，現在不想看了，可以拿來賣回給他們。

很容易認出她，手指上戴著用白玉刻著名字的大戒指，出自先生手筆的，就是她了。今後，書店的老闆將由大業張改為大業鄭了。

父親的待人接物總是真誠

父親交遊廣闊，友人很雜，各類人物皆有，到了新年，送來的禮物不少，有的是一瓶白蘭地，那是媽媽喜歡；有的只是十二個雞蛋，父親很高興地收下。這些友人敬重他，可見他平時待人接物總是真誠。

父親交情最深的是許統道先生，這位南來的商人無銅臭味，家中藏書最多，做生意賺到錢，不惜工本購買所有五四運動以來的初版書，每一本都齊全，後來和出版社及作者本人以通信方式結交為好友，對方需要在內地買不到的西藥，他都一一從新加坡寄去。

統道叔留著小髭，總是笑嘻嘻地，他自己的兒女不愛讀書，就最喜歡我姐姐和我，從不出借的書一批批讓我們搬回家，一星期換一次。

還記得他在炎熱的天氣下也穿唐衫，小時候以為一定流一身汗，現在才知道他穿的是極薄的絲綢，很透風的。父親為統道叔家裡的藏書分門別類，另外將各大學出版的雜誌裝訂成冊，讓他喜歡不已。他五十多歲時患病，最放不下心的就是這幾萬本的書，父親在病榻中和他商量，捐給大學，統

道叔才含笑而去。

　　到了星期天，如果不去統道叔那裡，就在家宴客，母親和奶媽燒得一手好菜，吸引了不少文人，像郁達夫先生就是常客，父親收藏了他不少墨寶。後來郁風來港，剛好父親也來我家中小住，知道郁風女士要出版郁達夫全集，就把郁先生在南洋的所有資料都送了給她。

　　有時也開小雀局，劉以鬯先生常來打牌，當年他寫《南洋商報》的專欄寫得真好。一群作家都喜歡來家聊天，包括了從福建泉州來的姚紫，原名鄭夢周，寫過二十四本小說，《秀子姑娘》在報上連載時很受讀者歡迎，另一部《咖啡的誘惑》也被拍成電影。

　　作家的形象本來應該像劉以鬯先生那樣斯斯文文，但姚紫先生皮膚黝黑，兩顆門牙突出，滿臉鬚根，絕對不會令人聯想到他是以文為生。

　　也不儘是男士，其中有位長得白白，身穿白旗袍的女作家叫殷勤，最愛來家和父親聊天。她是山西人，從香港來新加坡，在報館工作，後來去了紐約定居，記得我到那裡拍旅遊節目時，家父還囑咐我去探望她，但可惜沒時間。

　　因為任職邵氏公司之故，電影圈的朋友當然很多。明星們來南洋做宣傳，也多由家父照顧，白光女士回去之前說來港一定要找她。那麼多位演藝圈人士也不能一一拜訪，家父

在天星碼頭與她碰上了，對方竟當作不認識，還是我近來才聽到姐姐說的。

但家父也不介意，繼續照顧來星藝人，有位老一輩的演員兼導演顧文宗先生還來我們家住了很長的一段日子，這傳統由我承繼，我到香港邵氏公司任職時，顧先生也住在影城宿舍裡頭，他去世時也由我去把他扶上擔架的。

我印象深的還有洪波先生，觀眾們想不到的是這位專演反派的配角，學問是那麼深的，他對角色研究很徹底，在《清宮祕史》中扮演李蓮英，但沒有奸相，說能坐到那個位子，一定深藏不露。

洪波先生來家裡和家父談中國文學，無所不精，剛好我從學校回來，問我名字，當年我的乳名是「璐」字，他想也不想，就拿起毛筆，以精美的書法在宣紙上寫著：「蔡，大龜也；璐，玉之精華。蔡璐，孝者之光輝。」

最後紛失了，真是可惜。

爸爸的朋友，也不儘是名人明星，小人物最多，他欣賞一位很有才華的木工華叔。華叔是廣東人，年輕時打架成單眼，他說這很好，看東西才準。過節一定拿東西來相送，我也最喜歡華叔，和他幾個兒子成為死黨，常到他們家吃鹹香煲仔飯，我對粵菜的認識是由他們家學來的。

又有一位黃科梅先生，報館的編輯，他一早就知道宣傳

的厲害，說服一家叫「瑞記」雞飯的老闆下廣告，結果變為名店，新加坡雞飯也由此傳開。黃先生床上功夫一流，有「一小時人夫」的稱號，對方多是歡場女子，有一個極愛看書，買了很多放在床頭，黃先生光顧一次就借多冊回家，後來兩人成為好友。

還有銀行家周先生，年老喪妻，把一個酒吧女士加薪雙倍請回家照顧他，兒女們大大反對，周先生一氣：「錢是老子賺回來的，要怎麼花就怎麼花！」

真是人生哲學家。

最好的一位還有劉作籌先生，是黃賓虹的學生，一生愛畫愛書法，越藏越多，知道我這個世侄喜歡篆刻，就把我介紹給馮康侯老師學治印，買到什麼字畫一定叫我去看。

到最後，劉先生把所有藏品贈送給香港博物館，自己過他的吃喝玩樂人生，八十二歲那年，他在新加坡的女子理髮院修臉時，安然離去。

還有數不清的友人，待日後才寫。

第三部分
不如任性過生活

第四部分

　　下棋、種花、養金魚，都不必花太多錢，買一些讓自己悅目的日常生活用品，也不會太破費，絕對不是玩物喪志，而是玩物養志。

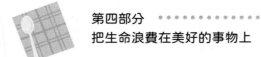

會玩時間的人，能享受非一般的樂趣

好玩的事物太多了。

抽象的東西也好玩，那就是玩時間。

時間只是人類的一個觀念，雖然定為一天二十四小時，但像愛因斯坦所說，上課以及和女朋友談天，長短不同。

玩時間玩得最好的是香港人。

香港人每一個都忙，但是，要抽時間的話，香港人最拿手，不管多忙，總會擠點出來做自己要做的事。香港人決定自己不忙，就不忙了。

尤其有「97」這個大前提，香港人的步伐已經是世界第一，從前在東京，覺得日本人走路快，後來去了紐約，發現他們更快。

但在日本經濟已發展到停頓的地步，一富有便懶了起來，東京人走路慢過香港，紐約更別說，早在二十世紀七十年代，經濟衰退，步伐已經蹣跚。

香港人有兩個以上的工作的不少，外國遊客跳上車，聽到司機說早上做警察，晚間當的士司機，嚇了一跳，幾乎不相信自己的耳朵，但事實如此。

外國人不明白的是我們大多數沒有社會保險、醫療費以及退休金的制度，我們的稅收雖然低，但一遇到任何事，都自行自決，誰也不會來幫助你。

所以香港人要爭取時間，多做點事，多存些儲蓄，以防萬一。我們自己買自己的保險，自顧安危，包括賺了錢移民，先拿到張居留權再回來做事，也是一種保險。

香港的失業率是一兩個百分點，那一兩個百分點，不是沒事做，而是不想做罷了，這種社會現象我們不當它一回事，但是如果你講給外邊朋友聽，他們一定驚訝。

就算不是爭取時間來做第二份工作，也要爭取時間來休息，來玩，來享受。

實際上如何玩時間呢？

很簡單，睡得少一點就是。

大家都說我們需要八小時的睡眠。放屁！這都是醫學界的理論而已，我本人長年來每天最多睡六小時，也不見長得像個癆病鬼。

每天賺兩個小時，一個月就是六十個小時，等於多活兩天半，每年多人家三十天，多好！

除此之外，一個星期熬一兩個通宵，也不應該有什麼問題。當然熬通宵也有學問，六點放工，七點吃完飯，先睡到半夜十二點，也有足夠的五小時，由十二點做自己喜歡的

事，做到天亮，多六小時。

這時候，看著窗外天色的變化，先是有點紅色，紅中帶灰，又轉為白。遠山是紫顏色的，啊！為什麼從前沒有注意過有紫色的山？

清晨的空氣是寒冷的，但是舒服到極點，意想不到的清新，呼喚著你出門。

穿上衣服去散步，到公園去練太極劍，或者，就那麼拿一本書坐在樹下看，都是樂趣。

話說回來，這種樂趣需要出來做事後才懂得享受，當學生時被迫一早起身上課，一點也不好玩。

到街市去買菜，走金魚街看打架魚，雀仔街買鳥，買活蟋蟀給鳥吃。太殘忍了，買花去吧。

早晨的世界，是另外一個世界。

由寂靜中聽到車輛行動的聲音，偶爾來些鳥啼，有時還聽到公雞在叫哩。

生活在早晨的世界的又是另一種人類，他們面孔安詳，餘裕令他們的表情無憂無慮，他們是健康的、活潑的。

相反地，深夜的世界又是另一個世界。大家是那麼頹廢、萎靡，但又能看出享受的滿足感。

這兩種人，都是過著單調、刻板、所謂「正常」生活的人感到陌生的。

　　早起、遲睡、趕通宵一多了，人就容易疲倦，這也是必然的。克服的辦法是英文中的「貓睡」，像貓一樣地隨時隨地打瞌睡。

　　只要你睡眠不足，便會鍛鍊出這種身體功能。儘管利用時間睡覺，一上車就閉上眼睛，像把插頭由電源裡拔掉，昏昏大睡，目的地到達，即刻會自動地醒來，又像是把插頭插回去，活生生的，眼也不腫。

　　中年吃完飯，也能坐在椅子上入睡，算好開工時間，有半小時就半小時，五分鐘也不拘。

　　會玩時間的人不懂得同情失眠的！失眠就失眠，不能睡就讓他不睡。看你不睡個三四天，自然閉上眼睛。長期下來，學會貓睡也說不定。

　　不花時間在睡覺的人多數是健康的，他們已經把睡眠當成一種福分，一種享受，哪裡還有精神去做噩夢？鎮靜劑、安眠藥、大麻、酒精等，一點用處也沒有。

　　消夜是最大的敵人，盡量避免，否則多想熬夜也熬不住。一定要吃，就喝點湯吧。隨時把湯料扔進一個慢熱煲，準備一碗廣東湯，享之不盡。

　　咖啡可免則免，咖啡只能產生胃酸，說到提神，茶最好，中茶洋茶，香片、龍井，什麼茶都不要緊，但上選還是普洱，再多也不傷胃。

早餐倒是重要的，懂得玩時間的人總能抽空為自己準備
一頓豐盛的早餐，再不然，找不同東西吃也是樂趣。今天吃
粥，明朝吃麵，吃點心、吃街邊的豬腸粉、豆漿油條的店
鋪，用心找一定找得到，再來一屜小籠包，或再來碗油豆腐
粉絲，總之要吃得飽，吃得飽才有體力支持，早晨吃飽和消
夜相反，只會精神不會打瞌睡。

　　玩時間玩成專家，可以做的事太多了，說不定其中有幾
樣是生財之道。不過最重要的是學會在做愛的時候把時間拉
得長一點，一下子就完蛋的話，專家也給人家罵。

不玩對不起自己

很多年前，我寫了一本書，叫《玩物養志》，也刻過同字閒章自娛，拿給師父修改。

「玩物養志？有什麼不好？」馮康侯老師說，「能附庸風雅，更妙，現代的人就是不會玩，連風雅也不肯附。」

香港是一個購物天堂，但也不儘是一些外國名牌，只要肯玩，有心去玩，貴的也有，便宜的更可隨手拈來。

很佩服的是蘇州男子，當他們窮極無聊時，在湖邊舀幾片小浮萍，裝入茶杯裡，每天看它們增加，也是樂趣無窮。我們得用這種心態去玩，而且要進一步地去研究世上的浮萍到底有多少種類。從浮萍延伸到植物，甚至大樹，最後不斷地觀察樹的蒼梧，為它著迷。

研究的過程中，我們會看很多參考書，從前輩處得到寶貴的知識，就把那個人當成了知己。朋友就增多了。慢慢地，自己也有些獨特的看法，大喜，以專家自稱時，看到另一本書，原來數百年前古人已經知曉，才懂得什麼叫羞恥，從此做人更為謙虛。

香港又是一個臥虎藏龍地，每一行都有專家，而怎麼成為專家？都是努力得來。對一件事物發生了濃厚的興趣，怎麼辛苦，也會去學精，當你自己成為一個或者半個專家後，就能以此謀生，不必去替別人打工了。

教你怎麼賺錢的專家多得是，打開報紙的財經版每天替你指導，事業成功的老闆更會發表言論來晒命。書店中充滿有錢佬的回憶錄和傳記，把所有的都看遍，也不見得會發達。

還是教你怎麼玩的書，更為好看，人類活到老死，不玩對不起自己。生命對我們並不公平，我們一生下來就哭，人生憂患識字始，長大後不如意事十常八九，只有玩，才能得到心理平衡。

下棋、種花、養金魚，都不必花太多錢，買一些讓自己悅目的日常生活用品，也不會太破費，絕對不是玩物喪志，而是玩物養志。

玩物並不喪志，養志還能賺錢

　　我在內地和友人談起生活之道，經常的反應是：「你有錢，所以有條件培養種種興趣，我們做不到。」

　　一直強調的是興趣與錢雖然有點關係，但是並非絕對。像種花養魚，可由平凡的品種研究，所費不多。讀書更是最佳興趣，目前的書籍愈賣愈貴是事實，但絕非付不起的數目。而且，圖書館免費地等你。

　　重複又重複地說，興趣可以變為財富，一種東西研究到深入，就成專家，專家可以以新品種來換錢，至少也能寫文章賺點稿費。

　　鑽了進去，以為自己知識很豐富時，哪知道已經有人研究得比自己還深，原來七八百年前已寫過論說，便覺自己的無知與渺小，做人也學會了謙虛。

　　另一方面，身邊朋友少一點也無關緊要，我們可以把古人當老師，他們的著作看得多了，又變成他們的朋友。

　　一大早到花墟的金魚市場觀察魚類，下來到雀鳥街看哪一隻鳥啼得最好聽，最後逛花街，看什麼是由什麼國家輸入，都是一個很好的開始。

前幾天的副刊中也教過人種蘭花，只要一百塊就可以買到五盆廉價的蘭花，經半年的精心培植，身價一躍到四百八十一盆，足足有十六倍之多。

　　故玩物並不喪志，養志還能賺錢，何樂不為？問題在於你肯不肯努力，肯不肯花心機。不但養志賺錢，還可以用來媾女。

　　近來政府不知為什麼那麼好心，把街上每一棵樹都用小板寫了樹名釘在幹上，我認為這是他們做的唯一好事。

　　獨自散步時把每一棵樹的樹名牢牢記下，一分錢也不必花。等到和有品味的女友拍拖時，把樹名一棵棵叫出，即刻加分，為媾女絕招，不可不記。

詩詞和對聯越簡易越好

談起詩詞，又發雅興。

豐子愷先生游四川時，得到兩粒紅豆，即作畫題詩贈友人，詩曰：「相隔雲山想見難，寄將紅豆報平安。願君不識相思苦，常作玲瓏骰子看。」

我喜歡的詩詞和對聯，都是愈簡易愈好。有的更像日常對白，像「吾在此靜睡，起來常過午。便活七十歲，只當三十五。」

梅蘭芳先生贈演員友人的是：「看我非我，我看我，也非我；裝誰像誰，誰裝誰，誰就像誰。」

蔣捷的《虞美人》也易懂：「少年聽雨歌樓上，紅燭昏羅帳。壯年聽雨客舟中，江闊雲低、斷雁叫西風。而今聽雨僧廬下，鬢已星星也。悲歡離合總無情，一任階前、點滴到天明。」

納蘭性德的詞也淺易：「明月多情應笑我，笑我如今。辜負春心，獨自閒行獨自吟。近來怕說當時事，結遍蘭襟。月淺燈深，夢裡雲歸何處尋。」

鄭板橋遠浦歸帆亦曰：「遠水淨無波，蘆荻花多，暮帆

千疊傍山坡。望裡欲行還不動，紅日西矬。名利竟如何？歲月蹉跎，幾番風浪幾晴和。愁水愁風愁不盡，總是南柯。」

龔定庵的詩是：「種花只是種愁根，沒個花枝又斷魂。新學甚深微妙法，看花看影不留痕。」

到過年，寫春聯，意頭好的很受歡迎，但淡淡的哀愁更有詩意，代表作有：「處處無家處處家，年年難過年年過。」

也有：「翠翠紅紅處處鶯鶯燕燕，風風雨雨年年暮暮朝朝。」更有：「月月月圓逢月半，年年年尾接年頭。」

簡易詩詞受人們愛戴，三歲小孩也懂的詩，一定流傳古今，絕不會被時間淘汰，典型例子就是「床前明月光」。

好茶好酒，應配好詩好詞

好酒之人當然喜愛喝酒之詩詞，但也要不太難懂為上選。

白居易詩：「當歌聊自放，對酒交相勸。為我盡一杯，與君發三願。一願世清平，二願身強健。三願臨老頭，數與君想見。」

稼軒詞：「一醉何妨玉壺倒。從今康健，不用靈丹仙草。更看一百歲，人難老。」

李東陽詩較澀：「夢斷高陽舊酒徒，坐驚神語落虛無。若教對飲應差勝，縱使微醺不用扶。往事分明成一笑，遠情珍重得雙壺。次公亦是醒狂客，幸未粗豪比灌夫。」

陸龜蒙的香豔：「幾年無事傍江湖，醉倒黃公舊酒壚。覺後不知明月上，滿身花影倩人扶。」

陳繼儒寫景：「群峰盤盡吐平沙，修竹橋邊見酒家。醉後日斜扶上馬，丹楓一路似桃花。」

李白最淺白：「兩人對酌山花開，一杯一杯復一杯。我醉欲眠卿且去，明朝有意抱琴來。」

第四部分
把生命浪費在美好的事物上

最壯烈的酒對子是洪深作的：「大膽文章拚命酒，坎坷生涯斷腸詩。」

好酒詩詞，必配上好茶詩詞，才完美。

白居易有：「坐酌泠泠水，看煎瑟瑟塵。無由持一碗，寄與愛茶人。」

杜耒的有：「寒夜客來茶當酒，竹爐湯沸火初紅。尋常一樣窗前月，才有梅花便不同。」

蘇軾的《望江南》：「休對故人思故國，且將新火試新茶。詩酒趁年華。」

茶的好對聯有：「青山個個伸頭看，看我庵中吃苦茶。」

將酒和茶糅合得最好的是蘇東坡的：「宛如銀河下九天，鋼斧劈開山骨髓，輕鉤釣出老龍涎，烹茶可供西天佛，把酒能邀北海仙。」

還有長聯曰：「為名忙為利忙忙裡偷閒喝杯茶去，勞心苦勞力苦苦中作樂拿壺酒來。」

以貓為主人，貓才可愛

　　弟弟家裡三十多隻貓，每一隻都能叫出名字來，這不奇怪，天天看嘛。我家沒養貓，但也能看貓相，蓋一生人皆愛觀察貓也。

　　貓的可愛與否，皆看其頭，頭大者，必讓人喜歡；頭小者，多討人厭。

　　又，貓晚上比白天好看，因其瞳孔放大，白晝則成尖，有如怪眼，令人生畏。

　　眼睛為靈魂之窗，與人相同。貓瞪大了眼看你，好像知道你在想些什麼，但我們絕對不知貓在想些什麼，這也是可愛相。

　　胖貓又比瘦貓好看。前者貪吃，致發胖；後者多勞碌命，多吃不飽，或患厭食症。貓肥了因懶惰，懶洋洋的貓，雖遲鈍，但也有福相；瘦貓較為靈活，但愛貓者非為其好動而喜之，否則養猴可也。

　　惹人愛的貓，也因個性。有些肯親近人，有些你養它一輩也不理你。並非家貓才馴服，野貓與你有起緣來，你走到

哪裡它跟到哪裡，不因食。

貓有種種表情，喜怒哀樂，皆可察之。喜時嘴角往上翹，怒了瞪起三角眼。哀子之貓，仰天長嘯；歡樂的貓，追自己的尾巴。

貓最可愛時，是當牠瞇上眼睛，瞇與閉不同，眼睛成一條線。

要令到貓瞇眼，很容易，將牠下顎逆毛而搔，必瞇眼。

不然整只抱起來翻背，讓牠露出肚皮，再輕輕撫摸肚上之毛，這時牠舒服得四腳朝天，動也不動，任君擺佈。

不管是惡貓或善貓，小的時候總是美麗的，那是因為牠的眼睛大得可憐，令人愛不釋手。也許這是生存之道，否則一生數胎，一定被人拿去送掉。

要看可愛的貓，必守黃金教條，那是牠為主人，否則任何貓，皆不可愛。

最大的滿足，莫過於把貓搞睡了

最大的滿足，莫過於把貓搞睡了。從不聽話的大頭貓走到我腳邊，我先用手抓抓牠的頭毛，便躺了下來。

這時用腳輕輕地踏牠的背部，一面踏一面把牠的背往前推，推到牠露出腹部為止。

肚子的毛，有些往前長，有些向後生，只要以逆方向摸去，牠就會感到非常舒服。

為貓按摩，千萬不要只注重一個部位，踏腹時要顧及頸底。指壓肚子每隔三分鐘便勾一勾頸底毛，這時牠一定閉上眼睛。

別以為牠已睡去，繼續摸牠頭頂頭毛好了。這時牠的眼一開一閉，就可以回到摸背部，要不斷地摸，摸到牠認為為什麼你不摸其他部位？

大頭貓忽然兩手向前直指，雙腿往後蹬去，做一個伸懶腰的姿勢，表示朕滿足也。

然後，大頭貓乾脆翻背，四腳朝天，打開腹部，表示已經完全不設防了。牠完全信任你，但命令你再次做腹部按摩。

順毛摸、逆毛摸，愈摸愈過癮，牠的眼睛緊閉，肚子發出咕咕的聲音。

這時並不熟睡，一定要把牠弄醒。大力按或拍都是下下招。喚醒貓，最好的辦法是輕輕動動牠的長鬚。

貓在夜間獵物，除了牠那對放圓的瞳孔，還靠鬚子去感覺。這是牠全身最敏感的部位，平時摸去，貓非發怒不可，咬你一口，絕不客氣。

當牠最滿意時摸牠的鬚子，等到大頭貓一張開眼睛，就要即刻摸牠的腹毛，眼睛就會閉上。

此動作不斷重複，摸肚子摸鬚子，摸鬚子摸肚子，至貓疲憊不堪，怎麼搖也搖不醒為止，大功告成。

你家有貓，不妨試試看。

那些蜻蜓帶給我的快樂

每年的八月初，窗外蜻蜓滿天飛，多得數不清，煞是好看。

在西方，蜻蜓給人的印象並不十分好，挪威人和葡萄牙人都叫蜻蜓為「割眼睛的東西」，只有我們認為牠是益蟲，專吃討厭的蚊子。

牠孵化的過程可能維持三至五年，但一脫殼長成後，只有六個月的壽命，一生整天飛，整天玩，真好。

越南人從蜻蜓得到生活的智慧，他們說：「高飛的蜻蜓，表示天晴，看到低飛的就要下雨，飛在不高不低處，天陰。」

當頑童時，不懂得珍惜生命，常抓到一隻，用母親的縫衣線綁著，當成活生生的風箏來玩，現在想起，罪過罪過。

一兩隻，並不好看，多了，才有趣。一次在曼谷的東方文華酒店河畔，有無數的蜻蜓在飛，仔細觀察，才知道牠可以在空中靜止。隨風飄蕩，氣流一低，迫得下降時，只要微微振那透明的雙翼，又升起。

不止能停，蜻蜓是唯一一種飛行動物能倒後飛，也可以左右上下飛，如果科學家在牠身上得到靈感，也許能夠創造出一架比直升機更靈活的交通工具來。

　　當蜻蜓在空中靜止時，我看到湄公河上的船隻航過，不久，又退回來；再前進，再退回，原來是河水注入海裡時，海水高漲發生的現象。

　　蜻蜓還有複眼，兩顆大眼球中包著無數的細眼。利用這個原理，當蜻蜓停下，我們輕輕走近牠，用手指在牠的眼處打圓圈。眼睛一多，看得頭暈，這時就可以把牠抓住。在日本長野縣拍《金燕子》一片的外景時，男主角大鬧情緒，吵著要回香港，我教他用這個方法抓蜻蜓，果然靈驗。一好玩，脾氣不發了，電影繼續拍了下去，這是我喜歡講的蜻蜓故事，回放又回放，今天看到蜻蜓，又說一次。

　　但是最羨慕蜻蜓的，還是牠們能在空中交尾，如果人生之中能來那麼一次，滿足矣。

樹可交友，人可深交

每逢到了星期一早上，又是香港電臺第一臺的《晨光第一線》打電話來聊天的時候，聽眾說不知不覺，已有十年時光吧？我的感覺，則有廿年以上了。

大家都成了老朋友，講者與聽者。主持人問我有沒有時常打一個電話問候故交。從前倒是做這事，尤其是打到外國。近年已少，因為友人有了電郵，發個短訊較多。

談到老友，我說除了人可做朋友，樹也行。像今天談電話時，由家中窗口望下，路邊的樹頭開滿白花，盛放為一片花海，實在漂亮，我就俯首向花問好。

這種樹香港人給了一個很俗氣的名字，叫樹頭菜。本名為魚木，較為文雅。雖說魚木是由熱帶亞洲地區引進的，但我在南洋成長，又到過各地旅行，甚少看見這種樹，香港生得特別旺盛，是福氣。

樹可長得十五米高，冬天葉子全部掉落，光禿禿的。等到春天到來，又在清明雨紛紛之後，花就開了。起初呈白色，花蕾緊接新葉長出。是花是葉？分辨不出來。仔細觀

察，花瓣裡面有紅色的花絲。花能盛開二至三星期，還沒變黃，落得滿地，不遜櫻花。

學名應該是石栗，因為花落後長滿肉質多汁的果實，成熟後變硬，故稱之屬於白花菜科。

南洋人叫 Bua Karat，不知道是不是石栗？如果是的話，則可以舂碎後，成為煮咖哩的香料之一種。這一點，還要求證才行。

一看到魚木開花，就想起十三妹，她的散文中提起此樹。因為她是第一個在香港擁有大量讀者的專欄作家，我當她為祖，像木匠供奉魯班、豆腐匠拜劉安一樣。

樹可以做朋友，故人也能成為深交。十三妹從來沒見過面，但當她是知己。在魚木開花的時候，是我思念她的時候。

參加印展，體會方寸乾坤

從珠江三角洲返港，休息一個晚上，第二天到澳門去看看業務，又去參加早前民政總署舉辦的「方寸乾坤」展覽會。

地點開在「龍環葡韻住宅式博物館」，本身就是一個值得去一去的建築物，古色古香，巨樹林立，望著海洋。

這次展覽的璽印，由蕭春源借出，一共有一百多方，多數是秦朝的。蕭先生最愛秦印，連工作室也起名為「珍秦齋」。

別說我們這一群愛好篆刻的，連一般欣賞藝術的人也會大開眼界，展出的銅印、玉印、琉璃印和封泥，皆為稀有，而且非常精美，令我們感嘆數千年前，中國人已有那麼高深的智慧。

戰國時代的璽印，有一枚銅的，分一方一圓一尖三個小印鑄在一個印中，叫做「私又生」。

另有一個「心」形的五面印，亦極為珍貴。巴蜀印中，有一方「喪尉」的，字形完整，清晰可讀。

秦印最多,「陽初」那兩個字刻得很美,那時代的人對印文的構圖,已要求極高。

　　印的形狀各有不同,有的以「帶鉤」出現,等於是我們皮帶中那個扣子,鑄成了印,隨身攜帶,用起來方便。

　　有的是活動型,可以旋轉來蓋,可見做官的流水作業,和現代的一樣。

　　到了漢魏南北朝的印,文字更是我們學習篆刻的人的模範,那方「關外侯印」,不知學習刻過多少遍,才對漢印有點認識。

　　蕭先生非常大方,從珍貴的印章中原鈐在扇面上,送了我一把。

　　中國文字由這些古物中保留下來,都還是活生生的,我們在欣賞印文中,一個個字讀出來,相信站在旁邊的洋人一定驚嘆:「數千年的符號,你們還可以認識讀出來,這簡直是奇蹟嘛!」

禪味詩詞裡的自然之道

和尚詩也不一定是談和尚，其實有禪味的詩詞都應該歸於這一類。

關漢卿的小令有：「適意行，安心坐，渴時飲饑時餐醉時歌，困來便向莎茵臥。日月長，天地闊，閒快活。」

這種詩詞淺易得像說普通對白，不是關漢卿這種高手是寫不出的。

蘇東坡的絕句，除了那首「廬山煙雨浙江潮」最有禪味，他的膾炙人口的另一首也屬於和尚詩：「橫看成嶺側成峰，遠近高低各不同。不識廬山真面目，只緣身在此山中。」

又有禪味又虛幻的有：「花非花，霧非霧。夜半來，天明去。來如春夢不多時，去似朝雲無覓處。」

晚唐詩僧齊己的自遣詩寫著：「瞭然知是夢，既覺更何求？死入孤峰去，灰飛一爐休。雲無空碧在，天靜月華流。免有諸徒弟，時來弔石頭。」

結尾的「石頭」，是指盛唐著名禪師石頭希遷和尚，死後門人為他建一個塔，時常來憑弔，到底有沒有這種必要

呢？此詩較為引經據典，但也不難懂。

明朝人都穆的《學詩詩》就易明：「學詩渾似學參禪，不悟真乘枉百年。切莫嘔心並剔肺，須知妙語出天然。」

又是白居易的禪詩：「蝸牛角上爭何事？石火光中寄此身。隨貧隨富且歡樂，不開口笑是痴人。」

蘇曼殊的詩：「生憎花髮柳含煙，東海飄零二十年。懺盡情禪空色相，琵琶湖畔枕經眠。」

司馬光笑屬下詩：「年去年來來去忙，暫偷閒臥老僧床。驚回一覺遊仙夢，又逐流鶯過短牆。」

說到自然，天然和尚最自然：「古寺天寒度一宵，風冷不禁雪飄飄。既無舍利何奇特？且取寺中木佛燒。」

與竹有緣，是人生樂事

　　去年夏天，和麻特別有緣分，買了好幾件小千谷縮布料織成的衣服。小千谷依足數百年傳統，抽出麻絲，鋪於雪地上，等它縮起來，穿了乾爽漏風。

　　今年夏天，則遇上了竹。

　　先是由印度尼西亞的瑪泰島買了一張大竹蓆，鋪在床上，睡上去涼意陣陣。

　　這次去了日本又找到了一個竹片編的抱枕，和古書記載的竹夫人一模一樣。

　　前天去中山的三鄉找傢俬，給我看到一件竹織的背心，大喜，即刻買下。

　　這是一件穿長衫時用的寶貝，內衣之外加這竹背心，外面再穿白的上衣，最後加長袍，才算有一點像樣。

　　有了這件背心，流汗時衣服才不會黏住身體，古人真有一套智慧，任何事都能克服。

　　捆住這件竹背心的是普通料子的布邊，我嫌平凡，請友人替我拆掉，換綢緞新捆，這件竹背心乾乾淨淨，像沒人穿過，實在合我心意。

再下來會遇到什麼竹子做的東西呢？心目中有一個字紙簍，本來買用一個大紫檀樹頭挖出來的，但是如果有一個竹編的垃圾桶，我也會很滿足的。

　　寫字間裡擺了一樽竹雕，保留一大捆竹根當成鬍子，竹頭上刻了一個慈祥的老頭子。

　　之前有一個，將竹根倒反，竹頭上刻著觀音，竹根在觀音後面，像光線一樣四射，造型優美。結果送給了朋友，現在有一點懷唸著它，向友人要回來的話，不好意思，看看能不能再找到一個。

　　新居還沒裝窗簾，我想到用細竹枝編的簾子，在我國內地和日本都沒找到合適的。窗簾用此物遮不住光，我一點也不介意，陽光愈多愈好，竹簾只是裝飾。要是再找不到，乾脆不用，讓太陽叫醒我，是樂事。

享受逛書店的樂趣

逛書局，對我來說是一種人生樂事，是許多在網上購書的人不懂得的。

不愛讀書，對書局這個名字已敬而遠之。輸輸聲，今天賽馬一定贏不了，他們不懂得看書的樂趣，我只能同情。

書有香味嗎？答案是肯定的。紙的味道來自樹木，大自然的東西，多數是香的。逛書局，用手接觸到書，挑到不喜歡的放回架上，看中的帶回家去，多快樂！唯一的毛病，是書重得不得了。

在香港，我愛去的書局是「天地圖書」，香港九龍各一家，書的種類愈來愈多，當今連英文書也販賣了。

專賣英文的，有尖沙咀樂道的辰沖書店（Swindon Book），光顧了數十年，入貨還是那麼精，找不到你要的，請他們訂，幾個星期便收到。

日文書則在「智源」購買，它的藏書豐富，雜誌更是無奇不有，訂購貨期更是迅速。

在倫敦的話，有整條街都是書局，英文書一點問題也沒有。巴黎則只有在羅浮宮對面的 Galignani 了，買完書到隔幾

家的 Angelina 喝杯茶和吃點心，又是一樂。

在內地，書店開得極大，讓人眼花撩亂，看得頭昏，我只是鎖定了要什麼種類的書，看到了就買，不見算數，絕對不逛。

逛的意思，是有閒情。書店不能太大，慢慢欣賞，在裡面留戀上一小時，才叫逛。

逛，也是只限於熟悉的地方，人也要熟悉，每一間總有一兩位百科全書腦袋的店員，請他們找你要而不見的。這些人，是書店的一分子，永遠隔不開，少了他們，書店也沒資格叫書店了。

當今香港的一些英文書店，為了節省成本，請菲律賓籍店員管理，多數又老又醜，我絕對沒有種族歧視，但有時看到她們那愛理不理的表情，心裡總咒這家書店執笠（破產）。

人生的路上總要試試未嘗過的東西

談到抓蟬，想起很多年前我在京都和一個友人去捕蟬的事。

炎熱的夏日，我們在杉林中散步，筆直的樹身，陽光經薄霧射下，一幅幅構圖極優美的畫面。

朋友走到長滿羊齒植物的山邊，撥開樹葉，抓到他的第一隻蟬。

把蟬裝進一個布袋，繼續前走，蟬在裡面大叫，鳴聲引起左邊右邊的樹上的蟬噪。

找到一棵不太大又不太小的樹，友人拿著他帶來的棒球棍子，大力往樹幹敲去。震動之下，噼噼啪啪，由樹上掉下十幾隻巨蟬，有的還打中我的頭。

朋友隨即將牠們裝入袋中，一路上依樣畫葫蘆，已捕獲了幾十只，蟬在袋中大叫，我們的耳朵快要被震聾。

走到一曠地，朋友蹲下起火，火勢正好時，取出一管尖竹條，將那些蟬一隻只活生生串起來，放在火上烤。

一下子，整串的蟬翅著火，身上的細毛也焦了，滴幾滴

233

醬油，繼續再烤。陣陣香味傳來，我抓了一隻細嚼，那種味道文字形容不出。

　　人生的道上總要試試未嘗過的東西。再灌幾瓶清酒。

　　蟬，比花生薯片好吃得多。

賞櫻，將美夢一次次地重複

　　這次橫跨日本，遇櫻花季節，由開放到凋落。

　　先是在枯枝中出現粉紅色的小點，接著初開，零零落落的，非常孤寂，其中一朵盛開了，旁邊的花朵跟著，成為一個花團。

　　左枝右枝，花團漸密，退幾步看，整棵樹是花，再遠觀，一株兩株，幾百棵幾千株，怒放成林。

　　也有路的兩旁伸出橫枝，圍成一個櫻花隧道的，這時已開始飄落，是花雨。

　　忽然，花林中摻雜了一兩棵桃花，鮮紅或豔黃。櫻花讓路，不將它們擠掉，令情景沒那麼單調，有種種變化。

　　我們躲開人群，乘船沿河直上觀賞，平底舟甚大，可坐二十幾人。食物一道道上，喝了清酒，昏昏欲睡，花瓣掉落在臉上，有如美女親吻。

　　不消一星期，花掉盡，樹回到開花之前的光禿，這時候，又可見一小點，已是綠色，樹葉代花。

　　正為花的逝世傷感，一路北上，再看到粉紅色的小點。地區溫度的不同，開花時間不一，又能將美夢一次次地重複。

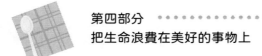
年紀愈大，愈不喜歡看悲劇

年紀愈大，愈不喜歡看悲劇，買了《趙氏孤兒》的影碟已久，還不想去開封。最愛打打殺殺的，機關槍亂掃一輪，過癮得很，不然科幻動作片的死光槍射來射去，最後來個大爆炸，看完亦可安眠。

「不如去看愛情片吧。」友人說。

愛情片多數是生離死別，留給喜歡看韓國片集的人去欣賞吧。就算沒有悲劇成分的美國愛情片，我也不喜歡，他們講的都是小鎮風情，而我對美國的小鎮風情，感到十分討厭，一點共鳴也沒有。

如果有選擇，我還是覺得義大利的愛情小品好看，前一陣子打開電視，剛好放映一部叫《麵包和鬱金香》（*Bread And Tulips*），從第一個畫面就讓我入迷。臺灣名《逐夢鬱金香》還可以，香港叫《緣來我可以》就亂來。故事講述一個中年的家庭主婦，丈夫對她已疲倦，兩個兒子也當她可有可無，一次出外，把她遺忘在巴士站上，她無知無覺地跑到了威尼斯，就在那裡住下。在那裡她和老房東發生了感情。有一天，她回家了，照樣過著那枯燥無味的生活。到最後，老

房東來尋找，她得到應得的愛。

　　電影拍得溫馨得很，我就是喜歡這種愛情片，沒有淚，只有淡淡的無奈，和大團圓的結果。同一類型的，還有最近才拍的《愛情手冊三》，由三個故事組織，每一段都精彩，由於是大製片家羅蘭蒂斯的子女們監製，也請到了羅伯特‧德羅尼和莫妮卡‧貝魯奇來演一角。不知幾時在香港能夠上映，內地已有影碟出售了。

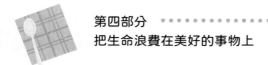
不同才好，沒必要爭個高低上下

「你有沒有吃過我們家鄉的 ××× ？那簡直是天下美味，沒嘗過實在可惜。」網友常這麼向我發表意見。

對這種家鄉情結，我只是想說：天下之大，也許有更好的呢？

「不、不、不，那絕對沒有可能！」他們又說。

那你有沒吃過？沒吃過怎麼知道？對方已回答不出了。

一有反對意見，即刻傷了他們的自尊心，你說海南菜不好吃，那麼整個海南島的人都會圍攻你。

只有回答：不錯不錯。或者，學洋人的外交辭令：Interesting（有趣）。一說有趣，對方分辨不出你是讚或貶，也就放過你。這句有趣，變成我的常用語。到一些普通水準的餐廳，主人前來問意見，我總是有趣、有趣地回答。

除了有趣，還有一句叫 Different（不同），這比較中肯，也不一定是敷衍，各有各的做法，的確不同。

不同才好，為什麼一定說自己的東西較別人佳？一比國家的，更是大件事。

　　法國菜難吃透頂。你一向法國人說，他們一定跳了起來。但你有沒有想到法國人來到我們這裡，說中國菜不好吃，你有什麼反應呢？

　　不單國家與國家鬥，本國人也和本國人鬥，東和西鬥，南和北爭，總之不能批評，沒有人會容納相反的意見。

　　我媽媽做的菜最好，這我同意。我媽媽是某某地方的人，你說這地方的壞話，就等於汙辱我媽媽，這就太過分了。

　　地域性的根，是拔不起來的。你是四川人，當然說四川菜好。有個臺灣人問我：「我們的紅燒牛肉做得最好，為什麼欣賞韓國的？你不是中國人嗎？你有沒有地域性的分別？」

　　「有呀。」我說，「我的地域，是這個地球。」

任時光流轉，我依然愛經典

什麼叫經典，簡單來說，就是不會被淘汰的，叫做經典。

網友問我看中文小說，由哪些書讀起，我笑著回答：經典呀！什麼書才稱得上經典？《三國》、《水滸》、《西遊記》、《紅樓夢》、《聊齋志異》等，都是經典，如果想成為小說家的人，連這些書也沒看過，甭做夢。

那麼金庸小說算不算經典？當然。世界各地的華人都看得入迷，不是經典是什麼？內地還沒開放時，讀者還看手抄本呢。也將一代又一代地相傳下去，著實好看嘛。成為經典，唯一的條件就是好看、耐看、百讀不厭，各個年代讀之，皆有不同的收穫。

音樂呢？貝多芬（Beethoven）、莫札特（Mozart）、柴可夫斯基（Tchaikovsky）等，他們的交響樂之中，每一次聽，都聽得出另一種樂器的聲音來。學音樂的人，不聽這些大師的作品，如何超越？

書法呢？王羲之、顏真卿、米芾、黃庭堅、懷素等人的帖，是必讀的，最佳典範，還是看書法百科全書，從篆隸、行書、草書的變化學習。

　　學篆刻，更少不了研究最基本的漢印，再往上追溯到甲骨文、金文，後來的趙之謙、齊白石、吳讓之以及數不完的大師印章，都得一一讀之。

　　繪畫方面，得從素描開始，再看古人畫，中西並重，方有所成。有了這些經典當基礎，才能走進抽象這條路去。

　　這些你都沒有興趣，要從事時裝設計？那也得由古人服裝學起，漢服西裝都得看熟，創意方起。看希臘石像腳上穿的是那種鞋子，不然你設計了老半天，原來幾千年前已經有人想到，羞不羞？

　　建築亦同，所以我寧願入住古老的酒店，好過新的連鎖。每一家老酒店，都有風格，皆存有氣派，為什麼要在個個相同的房間下榻？

　　食物更是經典的菜式好，人家做了那麼多年菜譜，壞的已淘汰，存下來的一定讓你滿足。不知經典何物，已拚命去Fusion（混合），吃的是一堆飼料而已。

　　罵我老派好了，我還是愛經典。

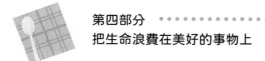

別為拖延找藉口

亦舒從未拖稿,一交數十篇,當然不會開天窗。

「她是專業作家。」年輕人說,「我們是兼職的,迫不得已才拖稿呀!」哇,好厲害,好像「迫不得已」是一個天大的理由。

年輕人怎麼沒有年輕情懷呢?年輕人好勝,你是專業又如何?我要寫得比你好!你交稿交得準?我比你更準,這才對呀!

我們寫稿,一分一秒都抱著戰戰兢兢的心態,務必做到最好為止,不然就只有放棄。拖稿不但是這一行最大的罪行,更是原則問題:答應人家的事一定要做到。答應替報紙寫稿,豈能因「作者外游,暫停一天」?

外游?哈哈哈哈,這年代誰不外游了?事前不貯稿,臨時寫也有一樣東西叫 Fax 機呀!也許是稿費低微,在酒店的傳真費太貴的原因吧?但年輕時總得從頭做起,酬勞也由最基本的,希望一年年升高,怎能看輕自己。我們誰都有過開始的時候,當年一想到交不出稿,對死線的噩夢是牙齒一顆顆脫落那麼恐怖,豈敢為之?那時候的編輯也是惡爺一名,

當然不會用一個空白的專欄來做懲罰，但更屬害的是叫一個阿貓阿狗來代寫，用原來作者的名字刊登，你拖稿？我就讓讀者來釘死你！

「其他人都至少有個星期天休息，專欄作者每週停一天可不可以？」我們集體要求。

編輯老爺一聽：「放你們一天假，你們這班馬騮又乘機寫別的稿，不行不行！」各人有各人的做法，你準時交稿，我因事暫停，不用你管，你們的固執和堅持，已過時。

「我們有代溝。」和年輕人交談時感嘆。

「當然囉。」他們說，「怎會沒代溝？」

我懶洋洋地說：「我年輕，你老。」

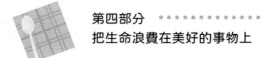

還我青春火樣紅

搬辦公室，可以多掛幾幅字畫，感謝何太太送來何先生的珍藏，其中有臧克家的詩，看過一次就念念不忘。

數十年前，與何冠昌先生和鄒文懷先生在邵氏做過同事。二位出來創辦嘉禾，成績斐然，但也勞心勞力，頭髮都白了。後來又有薛志雄任職，加上了我，所有高層人士，皆兩鬢斑斑，何冠昌先生有感而發，請臧先生寫了一幅字，詩曰：

「自沐朝暉意蓊蘢，休憑白髮便呼翁。狂來欲碎玻璃鏡，還我青春火樣紅！」多麼有氣派的一首詩！

生老病死必經，年輕人不懂，引起充滿活力的臧先生憤怒。我則認為每一個階段都是好的，心中寧靜，但也被此詩震撼。

臧先生在二〇〇四年二月五日去世，享年九十九，寫這幅字時八十三歲。在一九三七年，出版了第一本詩集《烙印》。他的學問的功力很深，毛澤東的詩詞，只讓他一個人改過，後來他亦提出二十三條毛詩的錯處。

家父愛讀臧先生新詩，自己也以新詩寫作。我年輕時只

愛舊詩，不同意家父的看法，在報紙發表文章批評，父親還不知道這個反叛的青年在他身邊。

散文也寫得好，臧先生認為要寫出一篇讓人感動的文字來，自己一定要先感動過。又說寫散文不是一件易事，要有四個條件：一、對所寫人物和生活要非常熟悉；二、要有強烈的感情；三、要熟練寫作技巧，語言優美，富有藝術性；四、對人物的評價要公平。

我認為臧先生的舊詩比新詩好，上述那篇「還我青春火樣紅」一絕，又有一首寫關於散文的：「靈感守株不可期，城圈自錮眼兒迷。老來意興忽顛倒，多寫散文少寫詩。」

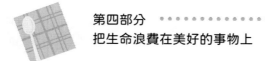

伊人何處，只有紫藤依舊

很多年前，跟父親到公園散步，他仔細觀賞每一種花朵，一一叫出它們的名字。

我只掛著和女朋友耳鬢廝磨。經過一個花架時，看花朵垂下，像一片紫雲。忍不住叫友人站在花中，用雙鏡頭白光的相機，把光圈放大，令前景和背景模糊，焦點只對在她的臉上，拍了一張，沖印出來，她大感滿意。

一下子跳到今天，走過九龍花墟，見商店裡也擺了這種花，它屬爬藤系，捲成一團團出售，價錢便宜，大概是因為香港人都沒有花園，只愛能夠盆栽的植物。一直為生活奔波，思想成熟後學會偷閒，已經知道這種花的名字，原來叫紫藤。

紫藤的生命力旺盛，種植後很快就蔓延，為求陽光，拚命攀緣，駕馭其他樹木，有點像往上爬的年輕人。

山林管理員看到紫藤就斬，以免危害周圍植物枯竭，砍下來的藤枝也有用途，可以編籃，其纖維也能織布。但是對人生最有貢獻的還是那漂亮的花朵，如鈴狀，由數百朵紫色

小花組成，一串可長達一米以上，四月是它開得最燦爛的時期，引來一群群蝴蝶，漂亮得不得了。

紫藤屬於豆莢科，花謝後長出細長扁平的莢，表面上有些細毛。到了秋天，當葉子都枯落時，紫藤的莢還是堅強地留在枝上。

冬天來到，在郊外會聽到嘣嘣的聲音，那是豆莢裂開後發出的巨響，種子以驚人的力量飛彈到各地，農家的玻璃也試過被它撞碎。

收服紫藤，可以種在家裡，從店中買了藤枝，搭個架子讓它蔓延，或者把種子種在花缽中，過三四年便開花，但要把花缽放在高處，讓樹藤有地方垂下，整理時只要剪去新枝就行，不然會爬到隔壁家去。

如今，到了家父當年的年齡，也了解了一些紫藤的習性，但是當年女朋友的名字，倒忘了。

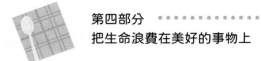

書是最好的旅行伴侶

長途旅行之前，我會預先把好幾部還沒看過的電影和電視劇放進 iPad 之中，到了酒店，睡不著，拿來慢慢欣賞。但看電影電視會厭，讀書則沒這問題，旅行的最佳伴侶，還是重看又重看的金庸小說。

最近常上微博，最多人聊起的是小說中的各位主角。發問的都是年輕人，可見查先生的作品仍有很大的影響力，也知道大家除了電視，還是看書的。

最常提到又最笨的問題為：楊過怎麼剃鬍子的？請代問金庸先生請教。

哈哈。他只是獨臂，又不是雙手皆失，也就不答。

也有很高智慧的，探討人物的內心深處，我一一回覆了，從中選出幾位，請他們為了當「護法」，擋掉一些腦殘的惡言穢語。

看金庸小說的人，有自己的一套語言，他們有各自喜歡的作品，喜愛的角色也人人不同，大家欣賞的角度有別，但討論起來不會面紅耳赤，更沒有像擁護偶像一般的爭吵。

從大家的言論之中，也可以覺察看小說與看電視劇有很

大的分別，高低一下子分別得出。

看了電視劇而找原著來讀的不乏其人，相反就寥寥無幾。到底，電視劇給我們的是固定的形象，失去了看書的幻想力。

東方的電影電視，編導的知識水平和製作費與西方有很大的距離，但願有那麼一天，能夠出現象《魔戒》一樣的特技水準，那麼旅行時才把書放下，在 iPad 上一集又一集地追看。

到時，又是不休不眠，回到蓋著被單，照著電筒，初看金庸小說時的年代。

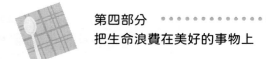
閒時逛花市，永遠有快樂

又是牡丹的季節，荷蘭來的當然很美，但當今運到的是紐西蘭產，又大又耐開，本來對紐西蘭印象不佳，為了牡丹，還是有點好感。

閒時到九龍太子道後的花墟走一走，永遠是那麼快樂的經驗。附近又有雀鳥市場，是香港旅遊重點之一。作為香港人的你，去過嗎？

「這麼多店鋪，看得我眼花撩亂，去哪一間最好？」一位師奶問我。

「那要看你是選怎麼樣的花。」我回答。

「你呢？」她反問。

「我愛牡丹。」我說，「花墟道四十八號的那家『卉豐』，是我最常去的，他們很肯進貨。客人不會欣賞，認為牡丹太貴，店有很多盛開的賣不掉，新的一批照樣下訂單，不是自己愛花，做不到。」

「還有哪幾家你常去的？」師奶問。

「逛花墟的樂趣不只是花，有時買買陶器也有很多選擇，像太子道西一百八十號的『樂天派』就有很多虞公的作

品，曾氏兄弟兩人，哥哥的佛像愈做愈美，弟弟的人物造型愈來愈有趣。我很看好這兩兄弟，現在收藏他們的作品還很便宜，很有價值。」

「還有什麼和花不同的商店？」師奶問。

「賣各種草藥的『右記』也很有趣。」我說，「在太子道西二零二號，門口擺一個人頭般的根，叫石蝶。買個二兩，加適量蜜棗用二十碗水煲六小時，剩十二碗左右，喝了可以排毒，治黑手甲、牛皮癬等病。」

「那些干的東西，浸在水又像一朵鮮花的是什麼東西？」師奶問。

「叫還魂草。」我說，「煲糖水很好喝，又能治支氣管炎。」

見他店什麼植物都賣，看到一小缽一小缽的含羞草，才賣五塊錢。住在高樓大廈的兒童沒有看過，摸它一下，大叫：「真的會含羞縮起來！」

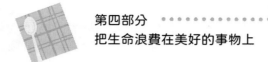

第四部分
把生命浪費在美好的事物上

在不同的時間愛不一樣的花

我很頑固地只愛牡丹。不過季節短，也罕見。其他時間，我很喜歡白蘭，薑花一樣。玫瑰是次次選。終年出現的玫瑰，等到其他花不見時，才會找它。

菊花則只供先人。

百合最討厭，發出來的那股俗不可耐的味道，如聞腐屍。從來不覺百合美麗，不管它以什麼形態或顏色出現。

到了夏天，我愛蓮。牽牛花也不錯，名字太怪，還是稱之為「朝顏」好。

至於蘭，太熱帶了，像天氣一樣單調地不變化也不凋謝。不凋謝的花沒有病態，太健康了並非我所好也。

環保人士反對把花剪下來插入花瓶，我倒沒有這種罪惡感，花不折也垂死，將它們生命中最燦爛的那一刻貢獻給愛花人，有什麼不好？

家中花瓶大大小小數十個，巨大方形玻璃的用來置向日葵，中的插牡丹或薑花，小的留給茉莉。

買薑花時，老太太常用刀把莖切一個「十」字，令吸水力更強。這做法很有道理，延得多長，全靠它。除了十字，

有另外種種方法：一、削皮式，把莖部表皮切口，抓住，往上撕；二、乾脆在水中折斷，也簡單了當；三、斜切；四、用鑽槌把莖底敲爛；五、燃燒法，用噴火器把莖底燒成炭 —— 別以為這種方法太劇烈或太殘忍，燒過切口的導管會更急地吸收水分，而且活性炭會隔掉水中的雜質。

用的水也有幾種，我家過濾器的水不止用來自己喝，也分給花享用，兩種水一比較，我知道它的功力。冬天用溫水浸花也是辦法，有時還可以加一點酒精。

植物切口處會流出樹液、油脂等，令水汙染，對付它，只有請花喝酒。

來，乾一杯吧。

第四部分
把生命浪費在美好的事物上

第五部分

人生就是吃吃喝喝

　　茶是應該輕輕鬆鬆之下請客或自用的。你習慣了怎麼泡，就怎麼泡；怎麼喝，就怎麼喝。管他三七二十一。純樸自然，一個「眞」字就跑出來了。眞情流露，就有禪味。有禪味，道即生。喝茶，就是這麼簡單。簡單，就是道。

炒飯的藝術

有身分不必自炊的人、對廚藝一點興趣也沒有的人，請不必看下去。這篇東西讀了無益。

通常自己弄幾味菜，要是不會炒炒飯的話，真應該打屁股。炒飯，是烹調之中最基本的一道菜，但是要炒一碟能稱得上好吃的，最難。什麼叫做好吃和不好吃呢？看一眼即知。先把蛋煎熟了，再混入飯中的，已經不及格，因為把這兩種東西一分開，就不夠香了。

炒飯的最高境界在於炒得蛋包住米粒，呈金黃，才能叫得上是炒飯。要達到這個效果，先得下油，待熱得冒煙，倒入隔夜飯，炒至米粒在鑊中跳躍，才打蛋進去。蛋不能事先發好，要整個下，再以鑊鏟搞之，就能達到蛋包飯的效果，給蛋白包住的呈銀，蛋黃呈金。兩者混雜，煞是好看。

為什麼要用隔夜飯？米粒冷卻之後才能分開，剛炊熟的黏成一團，不容易粒粒都照顧得到。至於用什麼米來炊呢？蓬萊米和日本米雖然肥肥胖胖，但黏性極強，不是上選，普通米最佳，泰國香米是我最喜歡用的材料。

配料應該是雪櫃裡有什麼就用什麼了，不必苛求。爆香

小紅蔥,廣東人叫干蔥的,已很不錯,用洋蔥來代替也行,不過要切粒,爆至微焦才甜。基本上所有的配料都應切粒,只能大過米粒兩三倍,才不喧賓奪主。加上一條切粒臘腸,炒飯即起變化,臘腸是炒飯的最佳拍檔。

有點蝦更好,冷凍的固佳,但新鮮游水蝦白灼之後,切粒炒之是正途。絕對不能用養殖的,養蝦已不是蝦,是發泡膠。金華火腿切粒也是好配料,但先得蒸熟。隨便一點,用西洋培根代替,爆脆後放在一邊待用,沒有這兩種,也可用叉燒粒入飯。

日本人中華料理炒飯,喜歡加荷蘭豆,一粒粒圓圓綠綠的,扮相好,但味道差。蔬菜之中和炒飯配搭得最好的是芥藍,將芥藍干切片,葉子切絲炒之。夏日季節中,用芥藍好了,芥藍任何時候吃都美味,蔬菜不甜的帶點苦,更似人生。

豪華奢侈起來,可用螃蟹肉來代替鮮蝦,蒸好螃蟹拆肉備用。蒸時在水中下點醋,熟了也不會酸,但拆肉就容易得多。當然,以大閘蟹的膏來炒,美妙得很。再追求下去,用雲丹(海膽)來炒,更上一層樓。吃鐵板燒的時候,最後大師傅一定來碟炒飯,這時捧來一盒海膽,嗖的一聲鋪在飯上,兜幾下,即成。

調味方面,材料豐富的話撒點鹽就是。但是單單的一味

小紅蔥炒飯，就要借助魚露了，魚露帶腥，可避寡，能有起死回生的作用。喜歡蠔油和大量味精的師傅，最要不得。如果要用蠔油，就寧願取蝦膏了。蝦膏分兩種，干的一塊塊的和溼的瓶裝，前者切成薄片後先用油爆，再以鑊鏟壓碎，混入飯中，後者舀一兩茶匙在炒飯上。蝦膏永遠惹味，可用它取巧。上桌之前撒不撒胡椒？就要看你好不好此物，我下胡椒是在把蛋包在米粒的階段中。

　　炒飯不能死守一法，太單調，便失去樂趣。我雖然很反對所謂的混合料理（Fusion Food），但是求變化時，在炒飯的上碟階段加入伊朗魚子醬，也是一招。法國鵝肝醬則不好用，它太溼了，要煎過之後用鑊鏟切粒才行。而且得選最好的，不然吃起來總有一股異味，從此對鵝肝醬印象極差，以為都是難吃，那麼人生又要少了一種味覺了。

　　以龍蝦肉來代替鮮蝦也是一種想法，不能採用澳洲龍蝦或波士頓的。南中國海的龍蝦，肉質才不粗糙。

　　香菇浸水後切粒炒飯也是好吃，但如果把菌類派上用場，那麼也有法國黑松露菌和義大利白菌的選擇。粵人有一道姜蓉炒飯的。一般是把薑切成碎粒，油爆之。這種方法怎麼爆也爆不出姜香來，姜蓉炒飯的祕訣在於把薑磨碎之後，包布擠出汁來，而薑汁棄之，只采姜渣，混入米飯中炒，才夠香味。

　　昨日在菜市場看到新鮮的荷葉，要回來燒一姜蓉炒飯，

置於荷葉之上。又逢奶油蟹當造，買了一隻，用洗牙齒的 Water Pik 噴水器把螃蟹腿上的腋下處噴個乾淨，再以清水餵一天，沖淨腸胃，把螃蟹擺在姜蓉炒飯上，荷葉包裹，蒸三十分鐘，取出，剪開，香氣迫人來。

高貴的材料都屬險招，偶爾用之以補廚藝的不精是可以接受的。一吃多了就膩，反效果的。返回炒飯的精神：是種最簡單的充饑烹調。

但是千萬要記住的是用豬油來炒，什麼粟米油、花生油、橄欖油，都不能燒出一碟好炒飯。爆完豬油後的豬油渣，已是炒飯的最佳配料。什麼？用豬油？不怕膽固醇嗎？小朋友問。任何東西偶一食之，總可放心。而且，大家都知道膽固醇有好的和壞的。別人吃的，都是壞的；我們吃的，都是好的。

以畢生經驗研究零食

一生人最愛零食，家裡總有一大堆，隨時吃得到，是種幸福。

聖誕節時友人送來的禮物，裝進一個籃子裡面，用這個籃子來裝零食最好不過，提到哪裡吃到哪裡。

當今裡面有松子、冬陰功味的腰果、醃仁面、甜酸梅、加應子、九制陳皮等，裝進精美的玻璃瓶中，再放入籃子。

瓶子可以用上一生一世，非講究不可。用塑料製品，看得眼冤，再好吃的東西都要打折扣，何必省這種小錢？

另外從澳門買到的杏仁餅，都放在懷舊鐵盒裡面。

有大一點的玻璃瓶，帶有樹膠圈套，用鐵鉗扣緊的那種，不透風，才可以裝自己炸的蝦片。這種零食不宜多吃，否則喉腫聲沙，自找麻煩。

用水果炮製的零食，臺灣人稱之為「蜜餞」，宜蘭縣產的最佳。廣東人則叫做「鹹溼貨」，都與色情無關。余好色，故喜歡這個名稱。

鹹溼貨中最標青的是檸檬干，做得好壞有天淵之別。最好的是中環永吉街車仔檔的「檸檬王」，用一個棕色的紙袋

裝著，外層再包玻璃紙，由唐伯始創。

這家店的產品一出色，就有人抄襲模仿，紛紛推出檸檬王冒牌貨，前幾天還在九龍城看到一輛麵包車，兩旁寫著真正檸檬王的字句，到處招徠。澳門的手信店中也有大量的檸檬王，包裝和永吉街的一模一樣，顧客都上當了。

好吃的做得很乾身，用手拿也不會黐黏黏，而且軟硬適中，味道奇佳，顏色還很鮮潤。壞的黑漆漆，下大量糖精，吃得口渴不止。正牌檸檬王除了永吉街，其他都是假的。

以畢生經驗，研究零食，不要臉地封自己為零食王，所言不妨聽之。

把食物做熟的最好方法就是白灼

把生的食物變成煮的，最好的方法莫過於白灼了。

原汁原味，灼完的湯又可口，何樂不為？

但是過生血淋淋，豬內臟之一類，不能吃半生熟；過熟的話，肉質變老了，像嚼發泡膠，暴殄天物。

要灼得剛好，實在要多年的下廚經驗才能做到。

有一個簡單的方法可以試試，那就是鍋子要大，滾了一鍋水，下點油鹽，把肉切成薄片後扔進去。水被冷的肉類衝激，就不滾了。這時，用個鐵網以勺子把肉撈起，等待水再次滾了，又把肉扔進去，即刻熄火。餘熱會把肉弄得剛剛夠熟，是完美的白灼。

有很多道地的小吃都是以白灼為主，像福建的街邊檔，一格格的格子中擺著已經準備好的豬肝、豬心、豬腴煲等。客人要一碗麵的話，在另一個爐中煮熟，再將上述食料灼一灼，半生熟狀鋪在面上，最後淋上最滾最熱的湯，即成，這碗豬雜面，天下美味。

香港的雲吞面檔有時也賣白灼牛肉，但可惜牛肉都經過蘇打粉醃泡，灼出來的東西雖然軟熟，但也沒什麼牛肉味可言。

　　懷念的是避風塘當年的白灼粉腸。粉腸是豬雜中最難處理的，要將它灼得剛剛好只有艇上的小販才做得到。灼後淋上熟油和生抽，那種美味自從避風塘消失後就沒嘗過。

　　其實任何食物都可以用白灼來做，總比炸的和烤的簡單，如果時間無法控制的話，選豬頸肉好了，它過老了也不會硬的。

　　一般人都以為蠔油和白灼是最佳拍檔，但我認為蠔油最破壞白灼的精神，把食物千篇一律化。要加蠔油的話，不如舀一湯匙凝固後的豬油，看著那團白色的東西在灼熟的菜肉上慢慢融化。此時香味撲鼻，連吞白飯三大碗，面不改色。

烤魷魚最適合下酒

用什麼來下酒?這是一門大學問。花生米最普遍,但是我認為這是最單調和最沒有想像力的下酒菜。叫我吃花生,我寧願「白幹」。

當然,我反對的只是吃現成的花生。偶爾在菜市場看到整棵的新鮮落花生,買個一二斤,用鹽、糖、五香和大蒜煮熟,剝殼吃個不停,就另當別論。

自製紅燒牛肉,當然是上等的下酒菜,但嫌太花時間。要是有那麼多餘暇來準備,那花樣可真不少,炸小黃花魚、芋頭蒸鵝、醬鴨舌頭,舉之不盡。花錢花功夫的下酒菜,總覺不夠親切。

在廟街檔口喝酒的外國水手,掌上點一點鹽,也能下酒,其樂融融。家父友人黃先生,沒錢的時候用一把冬菜,泡了開水,幹上兩杯,比山珍海味更要好。

岳華和我兩人,在日本千葉的小旅館,半夜找東西下酒。無處覓尋,只剩一條鹹蘿蔔乾,要切開又沒有刀子,唯有用啤酒瓶蓋鋸開來吃,亦為畢生難忘的事。

三五知己見面,有時碰到比相約更快樂。拿出酒來,有

什麼吃什麼，開心至極。家裡總泡了一罐魚露芥菜膽，以此下酒，絕佳。

至於現成的東西，我喜歡南貨店裡賣的鹹鴨腎。切成薄片，一點也不硬，又脆又香。要不然就是日本的瓶裝海膽摻魚子或海蜇、義大利生火腿和蜜瓜、泰國的指天椒蝦醬，最方便的有寧波的黃泥螺，都比薯仔片等高明得多。

最近從兩位舅舅處學到的下酒菜，我認為是最完美的，各位不妨一試：天冷時，倒一小杯茅臺，點上火，拿一尾魷魚，撕成細絲，在火上烤個略焦，慢慢嚼出香味，任何酒都適合。

把一個小火爐放在桌上，上面架一片洗得乾乾淨淨的破屋瓦，買一斤蚶子，用牙刷擦得雪亮，再浸兩三個小時鹽水讓它們將老泥吐出。最後悠然擺上，微火中烤熟。啵的一聲，殼子打開，裡面鮮肉肥甜，吃下，再來一口老酒，你我暢談至天明。

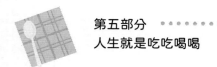
食遍天下的人才知道香港人最會吃魚

　　臺灣美食家朱振藩來到流浮山，大吃各種海鮮，回去後寫了一篇《香江品鮮記》，讀完才知道很多種類的魚，臺灣皆產，名稱不同而已。

　　像我們的老鼠斑，一名「𩶘」，亦稱「銳首擬石斑」。既然叫擬，當然不是真正的石斑，與坊間常吃的青斑、紅斑和星斑的長相也不同。老鼠斑之頭，細巧而略呈尖狀，望之與老鼠相似，故稱之。當今市面上看到的都是由菲律賓運來，樣子像，種不同，如嚼蠟。

　　據朱振藩說臺灣的澎湖也盛產和香港同種的老鼠斑，因其鰈魚身、老鼠嘴，且以馬公觀音亭海灣產量最多，俗呼「觀音鱠」。

　　早年香港人一到馬公，走進海鮮店即叫老鼠斑，有一尾吃一尾，所以馬公人叫香港客為「舉世第一刁嘴」。吃的老鼠斑一律清蒸，而且講究火候，從水滾到蒸熟，嚴格限令八分鐘，多少都不行，有些食客還擔心好魚被糟蹋，特地走進廚房盯著呢。

　　食遍天下的人，也知道是香港人最會吃魚的，當然香港人大部分是廣東人，普通老百姓的錢又沒香港人賺得那麼多，不那麼捨得吃，所以香港敢稱第二，就沒人叫第一了。

　　臺灣人吃魚，遠不如香港人，他們看到蒸魚的骨頭黏肉，就大叫不熟要蒸過，那才是暴殄天物。有時，看他們吃魚，同一個鐵鍋，下面生火，一面煮一面吃，不老才怪。朱振藩會吃，說老鼠斑的肉質及清雅之香味，真無愧於「斑中之星」的號稱，他做的學問多，寫起文章來引經據典，對味覺的形容，辭藻優美，實在令人敬佩。

　　我用的文字淺薄，只有好吃或不好吃之分，比起朱振藩，是小學生一個，慚愧得很。最厲害的應該是倪匡兄，他寫起文章來要繁就繁，要簡就簡，像一個魔術師，把文字玩於掌中。食物的形容當然到家，但寫得不多，只從他的口中聽到吃老鼠斑的感覺：「吃進口，聞到一陣香味，像蘭花，而且不是洋蘭，是中國蘭。」

喝酒要有豪氣，但不要有脾氣

　　當人生進入另一個階段，已不能像年輕時喝得那麼凶，汽酒，似乎是一個很好的選擇。香檳固佳，但就算最好的 Krug 或 Dom Perignon，那種酸性也不是人人接受得了。當今我吃西餐時，愛喝一種專家認為不入流的汽酒，那就是義大利阿士提（Asti）地區的瑪絲嘉桃（Moscato）了。

　　Moscato 是一種極甜的白葡萄，釀出來的酒精成分雖不高，通常在五六度左右，但是充滿花香，帶著微甜，百喝不厭。年分佳的香檳愈藏愈有價值，但瑪絲嘉桃是喝新鮮的，若不在停止發酵時加酒精，最多也只能保存五年，所以專家們歧視，價錢也賣不高。通常當為飯後酒喝，我卻是一餐西餐，從頭喝到尾。第一，我不欣賞紅白餐酒的酸性，除非是陳年佳釀，喝不下去，一見什麼加州餐酒，即逃之夭夭。啤酒喝了頻上洗手間，烈酒則只能淺嘗，瑪絲嘉桃可以一直陪著我，喝上一瓶也只是微醺，是個良伴。女士們一喝上癮，但也不可輕視，還是會醉人，我通常會事先警告她們。

　　近來和查先生吃飯，老人家也愛上了這種酒，雖有汽，

但不會像香檳那麼多，喝了也不會打嗝。已經有不少人開始欣賞，在大眾化的酒莊也能找到。牌子很雜，可以一一比較後選你中意的。為了這種伴侶，我專程到皮埃蒙特（Piedmont）的阿士提區去尋找，叫 Vigneto Gallina 的最好，商標上畫著一隻犀牛。各位有興趣，不妨一試。

另一瓶甜甜的，喝多了醉人的酒，就是中國的「桂花陳酒」了。什麼？才賣幾十塊港幣一瓶？很多朋友都不相信那麼便宜，覺得那麼美味的酒，不可能只是這個價錢。我上「鹿鳴春」吃飯，最喜歡叫。錢是另一個問題，主要是和魯菜配合得極佳。夏天到了，加些冰塊，再貴的洋酒也比不上，莫談那數萬元一瓶的陳年茅臺了。

最初接觸，是十一二歲的事，小孩子也喝不醉，媽媽沒有阻止過我多添幾杯，喝至那種微飄飄的感覺，記憶猶新。

這酒已有二千多年的釀造歷史，從前老百姓是喝不到的，因為只有深宮禁苑中才有。新中國成立後把祕方拿出來，交給北京葡萄酒廠，用含糖度十八度以上的白葡萄為原料，配以江蘇省蘇州市吳縣的桂花，同時加被乾隆皇帝稱為「天下第一泉」的玉泉山水釀製。

當今大量生產，有沒有那麼嚴謹不知道，但色澤金黃，晶瑩明澈，香氣撲鼻，在海內外的酒會中都得過不少的獎。

好酒並不一定是貴的，在北京喝的二鍋頭，便宜得沒有

人去做，也是吃京菜時必備的。義大利的瑪絲嘉桃一瓶才
二百港幣左右，不遜萬元的名牌香檳。

　　飲者方知，酒除了味道，還需要一份豪氣，一喝千鬥，
才算過癮。起初淺嘗，遇到知己，便來牛飲。幾萬到數十萬
一瓶的名牌酒，能那麼喝的話，我也接受。不然，快點站到
一邊去。

怎麼吃壽司才像經常吃壽司的樣子

　　國內的日本料理開得那麼多，但是有些吃日本菜的基本還沒學會。網友們經常有些問題，奉覆如次：

問：「壽司到底要不要和酒一塊兒享受？」

答：「世界上的任何一種美食，有了酒，才算完美，壽司店也不例外。但是壽司是江戶時代的一種速食演變出來的，壽司店不是又喝酒又聊天的地方。如果這是你的要求，請光顧居酒屋。」

問：「那麼麵店呢？」

答：「啊，你說得對，中華拉麵除外，日本麵店是專給食客喝酒的，所以擺了好酒。近年來壽司店也進步了，開始注重清酒的品質。」

問：「吃壽司，是否一定要坐櫃臺才好？」

答：「坐櫃臺和師傅交談，是吃壽司的另一種享受，很多高級壽司店是不設桌椅的。」

問：「那不是座位很有限嗎？」

答：「所以更不應該又聊天又喝酒，屁股拉得太長的話阻止
　　人家做生意，吃壽司的禮儀應該吃完就走，別把座位占
　　太久。店裡沒有客人的話，又另當別論，可以和師傅一
　　直聊下去。」

問：「那麼不懂得講日本話，不是很吃虧？」

答：「當今經濟不好，生意難做。遇到外國客人，很多壽司
　　師傅都會指手畫腳地講些英語。」

問：「為什麼高級壽司店都沒有玻璃櫥窗，看不到魚？」

答：「玻璃器皿只是冷冰冰罷了，魚蝦最好放到一個檜木的
　　箱裡，再放進雪櫃。雖然沒有明文規定，但通常第一個
　　木箱擺鮪魚和鰹魚。第二個箱參和，還有蝦，蝦是看見
　　有客人走進店裡才煮的。」

問：「生客不一定吃蝦呀。」

答：「是的，不叫的話，留著給套餐用。蝦一定是吃不熱不
　　冷的；溫溫的上桌，才是最佳狀態，最好的壽司店會做
　　到這一點。」

問：「第三個箱呢？」

答：「擺魷魚、縞、比目魚等，還有海膽。第四個箱擺貝
　　類：赤貝、烏貝、貝柱和鮭魚卵。」

問：「為什麼魚和貝要分開擺？」

答：「客人有很多要求師傅拿給他們吃，不自己叫。師傅先
　　拿出一塊魚和一塊貝，觀察他們舉手先拿那一塊，喜歡
　　吃貝類的，再下去就多拿幾塊給他們吃。」

問：「我們已經知道吃壽司，分捏著飯的『握 NIGIRI』，和
　　只是吃魚蝦送酒的刺身，叫『撮 TSUMAMI』。兩種吃
　　法有什麼共同點？」

答：「共同點就是師傅一拿出來，客人最好在三秒鐘裡面把
　　它吃光。魚和飯的溫度應該和人體溫度一樣，過熱和過
　　冷都不合格。」

問：「醬油要怎麼蘸？」

答：「握壽司的話，手抓起來，打斜著蘸，飯和魚都各蘸一
　　點點。用紫菜包著海膽，術語叫『軍艦』的，蘸底部就
　　是。有些小魚小貝，像白飯魚，鋪在飯糰上，用紫菜圍住
　　的，很容易散開，就要把醬油瓶提起，淋在魚上面了。」

問：「有些壽司師傅用刷子蘸了醬油後擦在魚上面，那算正
　　不正規？」

答：「那是舊時的吃法，在大阪還很流行。是不是被醬油塗
　　過的很容易分辨得出，看魚片有沒有光澤就知道。」

問：「有人說：吃魚要先從淡味的魚，像比目魚等，漸漸地
　　再轉濃味的，像 TORO 等，有沒有根據？」

答：「漸入佳境也行，先濃後淡，像人生一樣，也行。總之
　　你要怎麼吃是你的選擇，別聽別人的意見，別受所謂專
　　家的影響。」

問：「第一次光顧出名的高級壽司店，要怎麼樣才好？」

答：「走進去就行了，日本沒有什麼預約的傳統，除非店裡
　　指明一定要預約。不過，第一次去有預約也好，讓壽司
　　店有個迎接外國客人的心理準備，請你入住的酒店服務
　　部替你訂位好了。可以預先指定要坐櫃臺的。」

問：「不知價錢，怎做預算？」

答：「壽司分三個叫法：一、OMAKASE，那是交給師傅去
　　做；二、OKONOMI，那是客人自己點；三、OKIMARI
　　是定食，通常分松、竹、梅等級數。請酒店服務部替你問
　　明套餐價錢，自己想吃多少付多少，就有個預算了。」

問：「要怎樣才能成為熟客？」

答：「當然要去得多呀。第一次去，和那一個師傅有了溝
　　通，就向他要張名片，下次叫酒店訂座時指定要他服務
　　好了。」

問：「聽說有些店是不歡迎外國客人的。」

答：「從前生意好，擠都擠不進去，那倒是真的。當今這種
　　經濟，公帳開得少了，自己夠錢來付的客人不多，店裡
　　高興還來不及，哪有不歡迎外國客的道理？」

喝酒須盡興，但別要命

「從前再多三瓶白蘭地，也醉不了我！」有人說。

這種想當年的事，最好不開口，講出來就給人家笑，你當年我沒看過，怎麼知道？「來來來，乾一杯！」

遇到有人勸酒，高興就喝，不高興就別喝，管他娘。

「內地人才不吃這一套，千萬別讓他們知道你能喝，不然一定灌到你醉為止。假裝不會喝最好，說自己有病也行。」友人說。

假的事做來幹什麼？能喝多少是多少。不能再喝了，對方也不至於那麼野蠻來迫你。

「你不了解的，和他們做生意一定要喝醉，我上一次和他們乾了五瓶五糧液，才接了三百萬訂單回來。」友人又說。

喝壞了身體，淨賺三百萬又如何？

鬧酒的心理，完全來自好勝，認輸不是那麼難接受。第一次認輸，第二次面皮就厚了。

喝酒的人，從來不必自誇酒量好。

而什麼叫喝酒的人呢？

那就是每喝一口，都感覺酒的美妙。喝到沒有味道還追著喝，就不是喝酒的人，是被酒喝的人。

大醉和微醺是不同的，前者天旋地轉，連黃膽汁都嘔吐出來，比死還要難過；後者心情愉快，身體舒服到極點。

大叫我沒醉、我沒醉的人，一定是醉了，不讓他們喝，先跪地乞酒，接著恐嚇你沒朋友做，這種人，已經酒精中毒。

我一位叫周比利的朋友，就是這種被酒喝的人。他長得高大，又相當英俊，年輕時當國泰的空中少爺，後來做到主管。

早前聽到他逝世的消息，心中難過，現在想起，寫這篇東西。

願你我，都做喝酒的人。

關於清酒的二三事

　　日本清酒，羅馬字作SAKE，歐美人不會發音，念為「沙基」，其實那KE讀成閩南語的「雞」，漢語就沒有相當的字眼，只有學會日本五十音，才唸得出SAKE來。釀法並沒想像中那麼複雜，大抵上和做中國米酒一樣，先磨米、洗淨、浸水、瀝乾、蒸熟後加曲餅和水，發酵，過濾後便成清酒。

　　日本古法是用很大的鍋煮飯，又以人一般高的木桶裝之，釀酒者要站上樓梯，以木棍攪勻酒餅才能發酵，幾十個人一塊釀製，看起來工程似乎十分浩大。當今的都以鋼桶代替了木桶，一切機械化，用的工人也少，到新派酒廠去參觀，已沒什麼看頭。除了大量製造的名牌像「澤之鶴」「菊正宗」等，一般的日本釀造廠，規模都很小，有的簡直是家庭工業，每個省有數十家，所以搞出那麼多不同牌子的清酒來，連專家也看得頭暈了。數十年前，當我們是學生時，喝的清酒只分特級、一級和二級，價錢十分便宜，所以絕對不會去買那種小瓶的，一買就是一大瓶，日本人叫做「一升瓶ISHOBIN」，有一點四公升。經濟起飛後，日本人見法國紅

酒賣得那麼貴，看得眼紅，有如心頭大恨，就做起「吟釀」
酒來。

什麼叫吟釀？不過是把一粒的米磨完又磨，磨得剩下一
顆心，才拿去煮熟、發酵和釀製出來的酒。有些日本人認為
米的表皮有雜質，磨得愈多雜質愈少，因為米的外層含的蛋
白質和維生素會影響酒的味道。日本人叫磨掉米的比率為
「精米度」，精米度為六十的，等於磨掉了四十巴仙的米，
而清酒的級數，取決於精米度：本釀造只磨得三成，純米酒
也只磨得三成，而特別本釀造、特別純米酒和吟釀，就要磨
掉四成。到最高級的大吟釀，就磨掉一半，所以要賣出天價
來。這麼一磨，什麼米味都沒了，日本人說會像紅酒一樣，
喝出果子味來。真是見他的大頭鬼，喝米酒就要有米味，果
子味是洋人的東西，日本清酒的精神完全變了質。還是懷念
我從前喝的，像廣島做的「醉心」，的確能醉入心，非常美
味，就算他們出的二級酒，也比大吟釀好喝得多。別小看二
級酒，日本的酒稅是根據級數抽的，很有自信心的酒藏，就
算做了特級，也自己申報給政府說是二級，把酒錢降低，讓
酒徒們喝得高興。

讓人看得眼花撩亂的牌子，哪一隻最好呢？日本酒沒有
法國的 LATOUR 或 ROMANEE － CONTI 等貴酒，只有靠大
吟釀來賣錢，而且一般的大吟釀，並不好喝。問日本清酒專

家，也得不出一個答案，像擔擔麵一樣，各家有各家做法，清酒也是。哪種酒最好，全憑口味，自己家鄉釀，喝慣了，就說最好，我們喝來，不過如此。略為公正的評法，是米的品質愈高，釀的酒愈佳。產米著名的是新潟縣，他們的酒當然不錯，新潟簡稱為『越』，有「越之寒梅」「越乃光」等，都喝得過，另有「八海山」和「三千櫻」，亦佳。但是新潟釀的酒，味淡，不如鄰縣山形那麼醇厚和味重。我對山形縣情有獨鍾，曾多次介紹並帶團遊玩，當今那部《禮儀師之奏鳴曲》大賣，電影的背景就是山形縣，觀光客更多了。去了山形縣，別忘記喝他們的「十四代」。問其他人最好的清酒，總沒有一個明確的答案，以我知道的日本清酒二三事，我認為「十四代」是最好的。

在一般的山形縣餐廳也買不到，它被譽為「幻之酒」，難覓。只有在高級食府，日人叫做「料亭」，從前有藝妓招呼客人的地方才能找到，或者出名的麵店（日本人到麵店主要是喝酒，志不在面），像山形的觀光勝地莊內米倉中的麵店亦有得出售，但要買到一整瓶也不易，只有一杯杯，三分之一水杯的分量，叫做「一下 ONE SHOT」，一下就要賣到二千至三千円，港幣百多兩百了。聽說比「十四代」更好的，叫「出羽櫻」，更是難得，要我下次去山形，再比較一下。我認為最好的，都是比較出來的結果，好喝到哪裡去，

不易以文字形容。清酒多數以瓷瓶裝之,日人稱之為「德利 TOKURI」。叫時侍者也許會問:一合?二合?一合有一百八十毫升,四合一共七百二十毫升,是一瓶酒的四分之一,故日本的瓶裝比一般洋酒的七百五十毫升少了一點。現在的德利並不美,古董的漂亮之極,黑澤明的電影就有詳盡的歷史考證,拍的武俠片雅俗共賞,能細嚼之,趣味無窮。

另外,清酒分甘口和辛口,前者較甜,後者澀。日本人有句老話,說時機不好,像當今的金融海嘯時,要喝甘口酒,當年經濟起飛,大家都喝辛口。和清酒相反的,叫濁酒,兩者的味道是一樣的,只是濁酒在過濾時留下多少渣滓,色就混了。清酒的酒精含量,最多是十八度,但並非有十八個巴仙是酒精,兩度為一個巴仙酒精,有九巴仙,已易醉人。至於清酒燙熱了,更容易醉,這是胡說八道,喝多了就醉,喝少了不醉,道理就是那麼簡單。原則上是冬天燙熱,日人叫做「ATSUKAN」;夏日喝凍,稱之「REISHYU」或「HIYAZAKE」。最好的清酒,應該在室溫中喝。NURU-KAN 是溫溫的酒,不燙也不冷的酒,請記得這個 NURU-KAN,很管用,向侍者那麼一叫,連壽司師傅也甘拜下風,知道你是懂得喝日本清酒之人,對你肅然起敬了。

簡單，就是茶道

　　臺灣人，發明出所謂的「中國茶道」來。最令人討厭了。

　　茶壺、茶杯之外還來一個「聞杯」。把茶倒在裡面，一定要強迫你來聞一聞。

　　你聞、我聞、阿貓阿狗聞。聞的時候禁不住噴幾口氣。那個聞杯有多少細菌、有多髒，你知道不知道？

　　現在，連內地也把這一套學去，到處看到茶館中有少女表演。固定的手勢還不算，口中唸唸有詞，說來說去都是一泡什麼、二泡什麼、三泡什麼的陳腔濫語。好好一個女子，變成俗不可耐的丫頭。

　　臺灣茶道哪兒來？臺灣被日本殖民統治了五十年，日本人有些什麼，臺灣就想要有些什麼；蘿蔔頭有日本茶道，臺灣就要有中國茶道。把不必要的動作硬加在一起，就是中國茶道了，笑掉大牙。

　　真正中國茶道，就是日本那一套。他們完全將陸羽的《茶經》搬了過去。我們嫌煩，將它簡化，日本人還是保留罷了。現在臺灣地區的人們又從那兒學回來。

　　唉，羞死人也。

如果要有茶道，也只止於潮州人的工夫茶。別以為有什麼繁節，其實只是把茶的味道完全泡出來的基本功罷了。

一些喝茶喝得走火入魔的人，用一個鐘計算茶葉應該泡多少分多少秒，這也都是違反了喝茶的精神。

什麼是喝茶的精神？何謂茶道？答案很清楚，舒服就是。

茶是應該輕輕鬆鬆之下請客或自用的。你習慣了怎麼泡，就怎麼泡；怎麼喝，就怎麼喝。管他三七二十一。純樸自然，一個「真」字就跑出來了。真情流露，就有禪味。有禪味，道即生。喝茶，就是這麼簡單。簡單，就是道。

鹹酸甜，日日是好日

　　小時候，一生病，媽媽就帶我去一家叫「杏生堂」的中藥局去看醫生。

　　把把脈，伸出條舌頭，這就能看出病來嗎？我一直懷疑。煎出來的那碗濃藥將會那麼難喝，打個冷戰，但又想起喝完藥後的加應子、陳皮梅、杏脯，都是我愛吃的東西，這就是大人所說的先苦後甜吧。

　　病了最好是吃粥。我不喜歡白粥，卻極喜歡下粥的鹹酸甜。潮州人自古窮困，吃一點鹽醃的食物便能連吞三碗白粥，後來連菜也叫成「鹹」，吃飯的時候，父母總命令孩子：「別猛吞飯，多吃鹹。」

　　所謂「鹹酸甜」，便是專門送白粥的小吃。將各種材料醃成鹹的、酸的、甜的，簡稱「鹹酸甜」。

　　媽媽帶著我，從杏生堂步行至新巴剎。「巴剎」，阿拉伯語的 Bazaar 音譯過來，「市場」的意思。這個新巴剎的客人以潮州人為主，露天菜市中，有一檔我們經常光顧的鹹酸甜。

由一位中年婦女挑著的擔子，扁擔兩頭各有一個大鐵盤，上面一堆一堆的小菜，鹹酸菜是黃的，半截鹹橄欖是紫的，酸胡蘿蔔是紅的，色彩繽紛，未嘗味道，已經口水直流。

代表性的當然是鹹酸菜，老潮州人無此小菜不歡，像韓國人的金漬（Kimchi）泡菜一樣。到今天，上潮州菜館時，桌上一定先來一碟鹹酸菜，好壞一試就知。此碟菜要是做得不好，那間餐館就別去了。

鹹酸菜是用芥菜頭醃的，釀製後發酵，產生酸味，切成塊狀，最後撒上南姜粉。高手做出來的鹹酸甜適中，味道錯綜複雜，一試便放不下筷子，吃到鹹死、酸死、甜死為止。

「死」字，潮州話中已不是字面上的意思，表示「很」或「非常」，並非不吉祥之語。

鹹死人的，莫過於一種叫「燎昭」的小貝，牠的殼一邊大一邊小，但夾得緊緊的，永遠剝不開。吃時只要用拇指和食指捏起，以拇指輕輕一推，便出現了又薄又細的肉，沒有吃頭，吞進口只覺一陣魚腥，再來便是完全的死鹹。

鹹中帶香的是小螃蜞，銅板般大，用醬油泡製，打開殼，裡面充滿膏，仔細嚼嚙，一陣陣香味，好吃無比，是只迷你大閘蟹。

近年已不見此種螃蜞，大概河水汙染，都死光了，只在

泰國才看到。泰國菜中有一道叫「宋丹」的，把生木瓜絲舂碎來吃，舂的時候要下一隻螃蜞，味道才不單調。

上海人也愛吃螃蜞，上海的鹹菜之中，有許多和潮州人非常相似的。除了螃蜞，還有他們的「黃泥螺」，潮州人也吃，叫「錢螺雞」，這個「雞」字，凡是海產醃製的都叫「雞」，只是個聲音，真正字我查不出是怎樣寫的。

細心食之，會發現上海黃泥螺比潮州的大，肉肥、殼較厚，這種指甲般大的螺，放在口中一吸，整塊螺肉入嘴，剩下透明的殼。潮州的肉小，但較柔軟，吃了沒有渣，各有特色。我還是喜歡上海的，現在也可以在南貨店中買到，裝在一個果醬玻璃瓶內，但嫌它太鹹不能多吃。最近發現上海老鋪「邵萬生」有此產品，包裝得漂亮，螺肉大，不太鹹，可以一連吃二三十粒，也不口渴，但一罐要賣六十多塊港幣。

潮州鹹酸甜中，鹽水橄欖不可不談，它有整節拇指般大，外層黑漆漆，已被浸得軟軟的，一口咬下，肉是紫顏色，三兩下子便吃得只剩下那顆大核。等大人吃完後，收集了五六粒，便放在地上拿鐵錘來擊之，碎得剛好的話，果仁完美地裂出，吃了有陣極特別香味，比花生核桃好吃數十倍。但是敲得不準，核斷成兩截，仁鑲在核中，只好用牙籤挖，一定不能完整地挖出來，只能吃到那麼一點點，非常懊惱。

有時小販也將黑橄欖的核剝出，留下兩截肉，壓得扁扁

的拿來賣，稱之為「欖角」，這又是另一種方法的炮製，加了糖，鹹中帶甜，從前買了就那麼吃將起來。現在偶然在街市上看到，見蒼蠅叮在欖肉上，已不太敢吃。最後還是買回來，用冷水沖一沖之後，鋪在魚麵蒸，是道很美味的鹹。

大芥菜切塊後，用魚露醃之，也是我最愛吃的，它的味道有點苦，也有點微辣，很吸引人。因為太過喜歡吃，後來自己學會炮製，改良又改良，現在家裡做的芥菜泡菜，水準已遠超小販賣的了。

我家的泡菜，放大量的蒜頭，加泰國指天椒，添少許的糖。魚露的腥氣令到蔬菜中有肉味，並非只是素菜那麼簡單，泡了數天，又有點酸味。

吃起來，甜酸苦辣，和人生一樣，有哀愁，也有它的歡樂。

經過物質貧乏的日子，只靠泡菜下飯，人生堅強得多。現在超級市場中任何東西都有，人們只懂得享受，不能回頭，我慶幸自己沒有忘記簡單、淳樸的過往，什麼事都難我不倒。吃泡菜和白粥，照樣能過活。

鹹酸甜，日日是好日。

眞正會吃的人，是不胖的

不知不覺，我成了所謂的「食家」。

說起來真慚愧，我只是一個好奇心極強的人，什麼事都想知道多一點。做人嘛，有什麼事做得多過吃的？刷牙洗臉一天也不過是兩次，而吃，是三餐。問得多，就學得多了。

我不能說已經嘗過天下美食，但一生奔波，到處走馬看花，吃了一小部分，比不旅行的人多一點罷了。命好，在香港度過黃金期，是吃得最窮凶極惡的年代，兩頭干鮑不算是什麼，連蘇眉也當成雜魚。

法國碧麗歌黑松菌鵝肝、伊朗魚子醬、義大利白菌，凡是所謂天下最貴的食材，都嘗了。

蘇東坡說得最好，他的禪詩有「廬山煙雨浙江潮，未到千般恨不消。到得還來別無事，廬山煙雨浙江潮。」

「廬山煙雨浙江潮」只是象徵著最美好的，詩的第一句和最後一句的七個字完全相同，當然是表現看過試過就不過是那麼一回事。自古以來，也只有他一個人敢那麼用，也用得最有意境了。

干鮑、魚子醬、黑白菌和鵝肝又如何，還不是廬山煙雨浙江潮？

　　和我一起吃過飯的朋友都說：「蔡瀾是不吃東西的！」

　　不是不吃，而是他們看到的時候吃得少。我的早餐最豐富，中飯簡單，晚上只是喝酒，那是我拍電影時代養成的習慣，一早出外景，不吃得飽飽的就會半路暈倒！

　　沒應酬在家進餐，愈來愈清淡。一碟豆芽炒豆卜，已經滿足。最近還愛上蒸小銀魚，淋上醬油鋪在白飯上吃，認為是絕品，其他菜一樣都不要。

　　「你是食家，為什麼不胖？」友人問。

　　一切淺嘗，當然肥不了，但還是裝腔作勢，回答說：「真正會吃的人，是不胖的。」

各自喜歡各自的口味就好

自己做過飲食節目，也最喜歡看別人的。打開電視，一轉就是旅行和吃東西的臺。

最難看的，是遇到任何菜，試了一口，還沒細嚼，就發出長長的「唔」一聲，開口也不說好吃與否，來一聲：「得意。」

明明是很普通的，吃完了總舉起雙指，做一個 V 字。

討厭到極點。

看外國廚師做菜，用個小鍋，一隻叉，又牛油又橄欖油，煎一煎，下大量忌廉（淡奶油），又擠半個檸檬，再加葉子裝飾，最後淋上醬汁作畫，搞個半天，那碟菜上桌已是冷冰冰，有什麼理由說得上好吃？

見中廚做菜，這裡雕個漁翁釣魚像，那裡擺成一隻鳳凰，經過那麼多層的手捏，看得我毛骨悚然。

材料方面，洋師傅用來用去，總是鮭魚。我已說過鮭魚已是飼養，全身著色，敗壞了也不發臭，不知有多少蟲子在爬，所以一看到也倒了胃口。

最近，他們學會吃日本魚生，外國廚子也常以鮪魚
（Tuna）代替鮭魚，把肉斬碎，用一個鐵圈子圈著，再插上
羅勒菜，又是一道所謂的 Fusion 菜，只有讓年輕的主持人去
做 V 字了。

　　也不明白洋人為什麼對番茄迷戀，什麼菜都下番茄，
不止鮮番茄，還要下番茄醬，又是大量的忌廉，吃得津津
有味。

　　薯仔也是一樣的，烤的、蒸的、煮的、磨成粉的，尤其
是炸的，真的是那麼美味嗎？簡簡單單的一道炒馬鈴薯絲，
也比他們做得好吧？

　　看了那麼多烹調節目之後，得出一個答案，生活習慣和
水準的不同，不能一概而論。自己愛好的，別人並不一定喜
歡。你做你的，我做我的，老死不相往來，就是了。

把簡單的菜做得不平凡

澳門的紅磚頭街市，蔬菜和肉類都很齊全。

「這種魚，小島有沒有？」我每買一種食材，都要那麼問蘇美璐。

你可以幻想得千變萬化，但是如果當地買不到，也沒有用呀，像要教蘇美璐做個龍蝦刺身，頭尾煮芥菜湯，在她們那裡不出產龍蝦，當然也找不到芥菜，要怎麼做？

「魷魚有吧？」

蘇美璐點頭。到肉檔買了碎豬肉，做道魷魚塞肉。食材也不能太過異國風情，否則會把當地人嚇壞，像《巴貝特之宴》（*Babette's Feast*）那部片中，巴黎大廚飄流到小島，燒一餐盛宴，將海龜拿來熬湯，清教徒就看得傻了。

青口，小島最多了。買了牛油和西洋芫荽，先將油放進大鑊中爆香，下大量蒜頭，加入芫荽碎，把洗乾淨的青口倒入下點鹽，淋白酒。

蓋上透明的玻璃鍋蓋，不斷搖動，看到青口打開，表示已經熟了，就可以上桌。這道菜最容易做，也完全會被洋人接受，不可能失敗。

我要教蘇美璐的，一定是這一類的料理，簡單、快捷，
不靠味精等洋人吃不慣的調味品，任何助手都能馬上學會，
不必樣樣要她親自動手，否則再忙也忙不過來。

　　但是太過平凡的菜，也不會被島上居民覺得稀奇，來一
道咖哩吧！咖哩用不辣的日本咖哩粉好了，先在鍋中下油，
爆香大量洋蔥，放咖哩粉下去炒熟雞肉、豬肉、牛羊。甚至
海鮮也行，任何一種魚都可以做咖哩。

　　把魚或肉炒熟後，就可以倒牛奶進去煮了。小島上當然
找不到椰漿，用牛奶代替，一點問題也沒有。下點鹽，下點
糖，這一道又甜又香的咖哩料理，誰都會喜歡。

　　沒有湯怎行？買些雞骨豬肉或牛骨來熬，最後下大量的
椰菜，椰菜不會找不到吧？這種清甜的蔬菜湯，可以事先熬
一大鍋，等客人到齊，加熱就能上桌。

看戲吃零食，樂趣無窮

　　當年，到戲院看電影，是生活的一部分，既然一定要進行，為什麼不製造樂趣？其中之一，就是吃零食。

　　小時候的電影院外，必有一檔印度人賣豆，叫 Kachah Putee，小販用張報紙捲成一個圓尖的小筒，抓一把豆裝進去，五毛錢，一面看戲一面吃，樂趣無窮。

　　另有印度尼西亞小販賣炸蝦片，大塊小塊任君選擇，有時還看到炸魚餅，做成圓圓一粒粒，像魚丸那麼大，實在美味。問題是吃起來噼噼啪啪，喜喜沙沙，自己享受可好，別人吃就嫌太吵了。

　　後來到了日本，看戲時就見不到觀眾吃東西，日本人都太有禮貌，認為看戲就看戲，不應做其他事，吃東西尤其不雅。

　　在泰國生活時，小吃最多，玉蜀黍甜得不得了，拚命啃。有時來一包炸蟋蟀，味道有如烤魷魚那麼香。加上小販供應的冰奶茶，是裝進塑膠袋的，插了一支吸管就那麼喝，大樂也。

到了臺灣，鴨舌頭是少不了的，愈吃愈有味道，有時連最緊張的畫面，也因要看啃得幹不乾淨而錯過。那時候和新交的女友一齊去看戲，我大包小包地拿出來問說：「要不要吃？」

對方搖頭，我又拿出一瓶臺灣做的紹興酒，問：「要不要喝？」

差點兒把女友都嚇跑了。

不過小吃之多，總比不上香港，當年開場之前必到小販檔口，看到無數誘人的食物，還有酸薑皮蛋、鹽焗鵪鶉蛋、咖哩魚蛋等，應有盡有。

最喜歡的是豬肝了，滷汁帶紅，小販用一把特製的小刀，麵包塊般大，頭是尖的，豬肝相當的硬，要用力一刀刀切開，塗上黃芥末和紅辣醬。最後從和尚袋中拿出一瓶小號白蘭地喝，什麼爛戲都變成佳作，哪有當今吃爆米花喝可樂那麼悶呢？

一人食，也很好

出外工作，清早六點叫醒，七點早餐，八點出發，一直做到深夜才收工。有時候會早一點，七點鐘就拍攝完畢，大夥一造成外邊吃晚餐，我就獨自回旅店房間了。

也不是不合群，只是一班人一吃，至少又得花上兩三個鐘頭，年輕人不介意美國的速食文化，我可免則免。

回到房間幹什麼？先燒一壺水。第一流的四季酒店，也沒有滾水煲的設備。我已準備齊了，事先買一個小型的 Tefal 牌子，適宜歐洲電壓和插座，一按鈕，發出沙沙沙的聲音，一下子把水煮沸，就可沖茶了。

出遠門，箱子要大，皮篋要輕，不能買太過甸重的。日需品當然要帶，但水壺不可缺少，我又帶了一個三洋牌的旅行電爐，隨時在房間內煮食。

因為白天拍攝的地點多是菜市場，我除了買節目中要用的食材，也選了一些新鮮的，打包自用。

剛剛生長出來的洋蔥在香港罕見，像嬰兒的皮膚，又滑又白，頂上蔥莖是碧綠的，這種洋蔥就那麼生吃也不感到太辣，又爽脆又清甜，煲起湯來，更是一流。

向肉店買的火腿和香腸不易腐壞，放在冰箱裡，煮起即食，醬來當配料，才不會味寡。

　　帶在身邊的還有一小瓶醬油和一小瓶魚露，用這種我們熟悉的醬料來點早餐中的蛋，比撒白鹽有文化得多。煮起食來更是當寶了，有時看到新鮮的蘑菇，洗個乾淨，水滾了就放進去，即刻熄火，讓它焗熟，只要加幾滴醬油，甜得不得了。

　　水又滾，又沏一杯濃濃的普洱茶，茶盅當然得自己攜去，那麼遠水路，來一個民國初年的薄瓷蓋碗，摩挲起來手感才好。

　　別人喝了濃茶睡不著，我們這種長期睡眠不足的人，照睡不誤，像一個嬰兒。

倪匡跋
以「眞」為生命眞諦，只求心中眞喜歡

<u>不拘一格降人才</u>

　　要用文字素描一個人，當然要先寫下他的名字：

　　蔡瀾。

　　然後，當然是要表明他的身分。

　　對一般人來說，這很容易，大不了，十餘個字，也就夠了。可是對蔡瀾，卻很費功夫。而且還要用到標點符號之中的括號和省略號，括號內是與之相關，但又必須分開來說的身分，於是在蔡瀾的名下，就有了這些：

　　作家，電影製片家（監製、導演、編劇、策劃、影評人、電影史料家），美食家（食評家、食肆主人、食物飲料創造人），旅行家（創意旅行社主持、領隊），書法家，畫家，篆刻家，鑒賞家（一切藝術品民間藝術品推廣人、民間藝術家發掘人），電視節目主持人，好朋友（很多人的好朋友）……還有許多，真的不能盡述。

　　這許多身分，都實實在在，絕非虛銜，每一個身分，都有大量事實支持，下文會擇要述之。

在寫下了那麼多身分之後，不禁喟嘆：人怎麼可以有這樣多方面的才能？若是先寫下了那些身分，倒過來，要找一個人去配合那些身分，能找到誰？

　　認識的人不算少，奇才異能之士很多，但如能配得上這許多身分的，還是只有他：蔡瀾！

　　蔡瀾，一九四一年八月十八日生於新加坡（巧之極矣，執筆之日，就是八月十八日，蔡瀾，生日快樂），這一年，這一天，天公抖擻，真是應了詩人所求，不拘一格，降下人才。

　　人才易得，這許多身分不只是名銜，還有內容，這也可以說不難，難得的是，他這人，有一種罕見的氣質，或者說氣度。那些身分，或許都可以透過努力獲得，但氣度是與生俱來的，是天生的，他的這種氣質、氣度，表現在他「好朋友」這身分上。

桃花潭水深千尺

　　好朋友不稀奇，誰都有好朋友，俗言道：曹操也有知心人。不過請留意，蔡瀾的「好朋友」項下有括號：很多人的好朋友。

　　要成為「很多人的好朋友」，這就難了。與他相知逾四十年，從未在任何場合聽任何人說過他壞話的，憑什麼能做到這一點？

憑的，就是他天生的氣質，真誠交友的俠氣。真心，能交到好朋友，那是必然的事。

以真誠待人，人未必以真誠回報，誠然，蔡瀾一生之中，吃所謂「朋友」的虧不少，他從來不提，人家也知道。更妙的是，給他虧吃的人士知道占了他的便宜，自知不是，對他衷心佩服。

許多朋友，他都不是刻意結交來的，卻成為意氣相投的好友，友情深厚的，豈止深千尺！他本身有這樣的程度，所交的朋友，自然程度也不會相去太遠。

這裡所謂「程度」，並不是指才能、地位，而是指「意氣」，意氣相投，哪怕你是販夫走卒，一樣是朋友，意氣不投；哪怕你是高官富商，一樣不屑一顧，這是交友的最高原則。

這種原則也不必刻意，蔡瀾最可愛的氣質之一，就是不刻意地君子。有順其自然的瀟灑，有不著一字的風流，所以一遇上了可交之友，自然而然友情長久，合乎君子交遊的原則，從古至今，凡有這樣氣質者，必不會將利害得失放在交友準則上，交友必廣，必然人人稱道。把蔡瀾朋友多這一點，列為第一值得素描點，是由於這一點是性格天生使然，怎麼都學不來 —— 當然，正是由於看到他的許多創意，成為許多人模仿的目標，所以有感而發。

蔡瀾的創意無窮，值得大書特書。

千金散盡還復來

　　蔡瀾對花錢的態度，是若用錢能買到快樂，不惜代價去買；若用錢能買到舒適，不惜代價去買……這樣的態度，自然「花錢如流水」，錢不會從天上掉下來，也自然要設法賺錢。

　　他絕對是一個文人，很有古風的文人。從他身上，可以清楚感到古人的影子，尤其像魏晉的文人，不拘小節，瀟灑自在。可是他又很有經營事業的才能，更善於在生活的玩樂吃喝之中發現商機，成就一番事業，且為他人競相模仿。

　　喜歡喝茶，特別是普洱，極濃，不知者以為他在喝墨水，他也笑說「肚裡沒墨水，所以喝墨水」，結果是出現了經他特別配方的「抱抱茶」，十餘年風行不衰。

　　喜歡旅行，足跡遍天下，喜歡美食，遍嘗各式美味，把兩者結合，首創美食旅行團。在這之前，旅行團對於參加者在旅行期間的飲食並不重視，食物大都簡陋。蔡瀾的美食旅行一出，當然大受歡迎，又照例成為模仿對象。參加過蔡瀾美食旅行團的團友，組成「蔡瀾之友」，數以千計，有參加數十次以上者。這種開風氣之先的創舉，用一句成語 —— 不勝枚舉，各地冠以他名字的「美食坊」可以證明。

　　這些事業，再加上日日不輟的寫作，當然有相當豐厚的收入，可是看他那種大手大腳的用錢方式，也不禁替他捏一

把汗。當然，十分多餘，數十年來，只見他愈花愈有。數年前，遭人欺騙，損失巨大（八位數字），吸一口氣，不到三年，損失的就回來了，主宰金錢，不被金錢主宰，快意人生，不亦樂乎。

真正了解快樂且能創造快樂、享受快樂，當年有腰懸長劍、昂首闊步於長安道路的，如今有背著僧袋、悠然閒步在香港街頭的，兩者之間，或許大有共通之處？

眾裡尋他千百度

對人生目的的追尋，可以分為刻意和不刻意兩種，眾裡尋他，也可以理解為對理想的追尋。

表面上的行為活動，是表面行為，內心對人生意義的探討，對人生理想的追求，則屬於內涵。

雖說有諸內而形諸外，但很多時候，不容易從外在行為窺視內心世界。尤其是一般俗眼，只看表面，不知內涵，就得不到真實的一面了。

看人如此，讀文意更如此。

蔡瀾的小品文，文字簡潔明白，不造作，不矯情，心中怎麼想，筆下就怎麼寫，若用一個字來形容，就是：真。

乍一看，蔡瀾的小品文，寫的是生活，他享受的美食，他欣賞的美景，他讚歎的藝術，他經歷的事情，大千世界，盡在他的筆下呈現。

試想，他的小品散文，已出版的，超過了一百種，即便是擅寫此類文體的明朝人，也沒有一個人留下這許多作品的，放諸古今中外，肯定是一個紀錄。

　　能有那樣數量的創作，當然是源自他有極其豐富的生活經歷。

　　讀蔡瀾的小品散文，若只能領略這一點，雖也足矣，但是忽略了文章的內涵，未免太可惜了。「誰解其中味」？唯有能解其中味的，才能真得蔡文之三昧。

　　他的文章之中，處處透露對人生的態度，其中的淺顯哲理、明白禪機，都使讀者能得頓悟，可以把本來很複雜的世情困擾簡單化：噢，原來如此，不過如此。可以付諸一笑，自然快樂輕鬆，這就真是「驀然回首」就有了的境界，這是蔡瀾小品文的內涵，不要輕易放過了！

閒來無事不從容

　　工作能力，每人不同，有的能力高，有的能力低。能力高者，做起事來不吃力，不會氣喘如牛，不會咬牙切齒，兵來將擋，水來土掩，旁觀者看來，賞心悅目，連連讚歎。能力低者，當然全部相反。

　　若干年前，蔡瀾忽然發願，要學篆刻，聞言大吃一驚——篆刻學問極大，要投入全部精力，其時他正負電影監製重任，怎能學得成？當時，用很溫和的方法，潑他的冷

水：「刻印，並不是拿起石頭、刻刀來就可進行的，首先，要懂書法，閣下的書法程度，好像……哼哼……」

那言下之意，就是說：你連字都寫不好，刻什麼印！

他聽了之後，立即回應：「那我就先學寫字。」

當時不置可否。

也沒有看到他特別怎樣，他卻已坐言起行，拜名師，學寫字。

大概只不過半年，或大半年左右，在那段時間內，仍如常交往，一點也沒有啥特別之處。一日，到他辦公室，看到他辦公桌上，文房四寶俱全，儼然有筆架，掛著四五支大小毛筆，正想出言笑話他幾句，又一眼看到了一疊墨寶，吃了一驚：這些字是誰寫的？

蔡老兄笑嘻嘻地泡茶，並不回答，一派君子。

這當然是他寫的，可是實在難以相信。

自此之後，也沒有見他怎樣呵凍搓手地苦練，不多久，書法成就卓然，而且還是渾然，毫不裝腔作勢。篆刻自然也水到渠成，精彩紛呈，只好感嘆：有藝術天才，就是這樣。他的這種從容成事的態度，在其他各方面，也無不如此。在各種的笑聲之中，今天做成了這樣，明天又做成了那樣，看起來時間還大有空閒，歐陽先生曰：得其一，可以通其餘。

信然！

最恨多才情太淺

　　蔡瀾書法，極合「散懷抱，任情恣性」的書道，所以可觀。其實，書道、人道，可以合論。蔡瀾的本家蔡邕老先生在《筆論》中提出的書道，拿來做做人的道理，也無不可。

　　在對待女性的態度上，蔡瀾絕對是大男人主義者。此言一出，蔡瀾的所有女性朋友，可能會譁然：「怎麼會，他對女性那麼好，那麼有情有義，是典型的最佳男性朋友，怎麼會是大男人主義者？」

　　是的，他所有的女性朋友對他的讚語，都是對的，都是事實，也正因為如此，才說他是大男人主義者。

　　唯大男人主義者，才會真正對女性好，把女性視作受保護的弱小對象，放開懷抱，任情盡心地愛之惜之，呵之護之，盡男性之天職，這才是真正的大男人。

　　（小男人、賤男人對女性的種種劣行，與大男人相反，不想汙了筆墨，所以不提了）

　　女性朋友對蔡瀾的感覺，據所見，都極良好，不困於性別的差異，從廣義的觀點來看一個「情」字，那是另一種境界的情，是一種淺淺淡淡的情，若有若無的情，隱隱約約的情，絲絲縷縷的情……

　　若大喝一聲問：究竟是什麼啊？

　　對不起，具體還真的說不上來。只好說：不為目的，也

沒有目的，只是因了天性如此，覺得應該如此，就如此了。

說了等於沒有說？當然不是，說了，聽的人一時不明，不要緊，隨著閱歷增長，總會有明白的一天，就算終究不明，又打什麼緊？

好像扯遠了，其實，是想用拙筆盡可能寫出蔡瀾對女性的情懷而已。不過看來好像並不成功。

回首亭中人，平林淡如畫

試想看雲林先生的畫：天高雲淡，飛瀑流泉，枯樹危石，如鬥茅亭，有君子兮，負手遠望，發思古之幽情，念天地之悠悠，時而仰天大笑，笑天下可笑之事，時而低頭沉思，思人間宜思之情，雖煢煢孑立，我行我素，然相交通天下，知己數不盡。

若問君子是誰，答曰：蔡瀾先生也。

回顧和他相知逾四十年，自他處學到的極多。「凡事都要試，不試，絕無成功可能；試了，成功和失敗，一半一半機會。」這是他一再強調的。只怪生性不合，沒學會。

「既上了船，就做船上的事吧。」有一次跟人上了「賊船」，我極不耐煩，大肆嘮叨時他教的，學會了，知道了「不開心不能改變不開心的事，不如開心」的道理，所以一直開開心心，受益匪淺。

他以「真」為生命真諦，行文如此，做人如此。所以他

看世人，不論青眼白眼，都出自真，都不計較利害得失，只求心中真喜歡。

世人看他，不論青眼白眼，他也渾不計較，只是我行我素：「豈能盡如他意，但求無愧我心。」

這樣的做人態度，這樣的人，贏得了社會上各色人等對他的尊重敬佩，是必然的結果。有一次，我在前，他在後，走進人叢，只見人群紛紛揚手笑臉招呼，一時之間以為自己大受歡迎，飄飄然焉，及至發現眾人目光焦點有異，才知道是和身後人在打招呼，當場大樂：這是典型的「狐假虎威」。哈哈。

即使只是素描，也描之不盡，這裡可以寫一筆，那裡可以補兩筆，怎麼也難齊全。這樣的一個人，哼哼，來自哪一個星球？在地球上多久了？看來，是從魏晉開始的吧？

電子書購買

爽讀 APP

國家圖書館出版品預行編目資料

不如任性過生活（經典版）：喜為五斗米折腰，
鹹酸甜，日日是好日 / 蔡瀾 著 . -- 第一版 . -- 臺
北市：崧燁文化事業有限公司 , 2024.05
面；　公分
POD 版
ISBN 978-626-394-293-6(平裝)
855　　　113006533

不如任性過生活（經典版）：喜為五斗米折腰，鹹酸甜，日日是好日

臉書

作　　　者：蔡瀾
發 行 人：黃振庭
出 版 者：崧燁文化事業有限公司
發 行 者：崧燁文化事業有限公司
E - m a i l：sonbookservice@gmail.com
粉 絲 頁：https://www.facebook.com/sonbookss/
網　　　址：https://sonbook.net/
地　　　址：台北市中正區重慶南路一段 61 號 8 樓
8F., No.61, Sec. 1, Chongqing S. Rd., Zhongzheng Dist., Taipei City 100, Taiwan
電　　　話：(02) 2370-3310　　傳　　　真：(02) 2388-1990
印　　　刷：京峯數位服務有限公司
律師顧問：廣華律師事務所 張珮琦律師

定　　　價：399 元
發行日期：2024 年 05 月第一版
◎本書以 POD 印製
Design Assets from Freepik.com

獨家贈品

親愛的讀者歡迎您選購到您喜愛的書,為了感謝您,我們提供了一份禮品,爽讀 app 的電子書無償使用三個月,近萬本書免費提供您享受閱讀的樂趣。

ios 系統　　　　　安卓系統　　　　　讀者贈品

請先依照自己的手機型號掃描安裝 APP 註冊,再掃描「讀者贈品」,複製優惠碼至 APP 內兌換

優惠碼(兌換期限 2025/12/30)
READERKUTRA86NWK

爽讀 APP

📖 多元書種、萬卷書籍,電子書飽讀服務引領閱讀新浪潮!

🎧 AI 語音助您閱讀,萬本好書任您挑選

🔍 領取限時優惠碼,三個月沉浸在書海中

🔔 固定月費無限暢讀,輕鬆打造專屬閱讀時光

不用留下個人資料,只需行動電話認證,不會有任何騷擾或詐騙電話。